Kurze Geschichten durchs Jahr

Schwäbisch, satirisch, ironisch, komisch, spöttisch, pole-
misch, chaotisch - und besinnlich.

AF220043

Manfred Bomm

Grüß Gott im Ländle

Kleine Geschichten durchs Jahr

Impressum

Bibliografische Information der Deutschen Nationalbibliothek:
Die Deutsche Nationalbibliothek verzeichnet diese Publikation in der Deutschen Nationalbibliografie; detaillierte bibliografische Daten sind im Internet über http://dnb.dnb.de abrufbar.

Lektorat: Habe ich selbst gemacht und bitte um milde Nachsicht, wenn Fehler übersehen wurden. Wir Schwaben können halt alles, außer Hochdeutsch!

2. Auflage

Herstellung und Verlag: BoD – Books on Demand, Norderstedt

ISBN: 978-3-7568-136-12

Grüß Gott im Ländle -
kleine Geschichten durchs Jahr

Grüß Gott. So sagen wir Schwaben, wenn wir uns treffen. Manchmal aber auch nur „hallo", was irgendwie weltmännischer und globaler klingt. Vor allem aber, was auch Nichtschwaben verstehen. Zugegeben, mancher „Fremdling" - also aus Regionen fern ab der Schwäbischen Alb - tut sich ohnehin mit der Konversation schwer. Manches mag sich für ihn so anhören, als handle es sich um eine Fremdsprache. Wer im fernen Schleswig Holstein wird schon wissen, was ein „Xälz" ist, oder eine „Krombier"? Vom „Breschdleng" schon ganz zu schweigen.
Keine Sorge, liebe Leser (auch weibliche sind gemeint), dieses Büchle enthält nichts, was Sie nicht verstehen. Auch wenn wir selbst einräumen, zwar vieles zu können, aber halt nicht Hochdeutsch.
Denn wir wollen ja im Kleinen auch zur Völkerverständigung beitragen und hoffen, dass man uns und unsere Mentalität versteht. Dass wir mehr sind, als die ewigen Sparer und Häuslesbauer. Aber derlei Vorurteilen haben wir längst energisch entgegen gewirkt. Immerhin gingen von uns einige umwälzende technische Erfindungen um die Welt. Ertüftelt von Leuten, die „Schwäbisch g'schwätzt hent". Also: Was wär' die Welt ohne uns Schwaben?
Um gleich gar kein Missverständnis aufkommen zu lassen: wenn ich vom „Schwaben" rede, sind alle hier

einheimischen und hierzulande gebürtigen Personen gemeint. Also auch jene weiblichen Geschlechts. Ich betone dies deshalb, weil in der deutschen Sprache Frauen schon immer Bürger, Schüler, Studenten, Mitarbeiter, Mitglieder und Autofahrer waren. Niemand hätte gewagt, das Gegenteil zu behaupten. Umso mehr hat es mich - und vielleicht auch Sie - verwundert, dass sich die Frauen plötzlich absondern und sich sprachlich ins Abseits stellen. Dazu gibt es das wunderschöne Wort „Tschendern" (geschrieben: gendern). Dies besagt, dass traditionell männliche Begriffe nicht automatisch auch für Frauen gelten sollen. Weshalb man neuerdings Texte und Reden umständlich in die Länge zieht - mit Formulierungen wie: „Zuhörerinnen und Zuhörer", „Mitarbeiterinnen und Mitarbeiter", „Kundinnen und Kunden" - und so weiter und so fort. Nachrichtensprecher oder Politiker verhaspeln sich meist, wenn sie bei den „Ministerpräsidentinnen und Ministerpräsidenten" beinahe einen Knoten in die Zunge kriegen. Noch schlimmer: In geschriebenen Texten wird die feminine Form mit einem Sternchen (*) angehängt. Oder mit einem Senkrecht- oder Unterstrich getrennt. Die Verhunzung unserer schönen deutschen Sprache schreitet voran. Denn lesbar und sprechbar sind diese Sonderzeichen nicht. Man soll, so sagen die „Genderer", zwischen männlicher und weiblicher Schreibweise einen „Gap" einlegen, eine Pause also. Was sich dann so anhört, als habe man einen Schluckauf. Und weil manche Ober-Genderer diesen

„Gap" quasi verschlucken, hört sich alles so an, als sei nur die weibliche Form gemeint.

Ein Glück, dass es noch das Schwäbische gibt. Unsere schwäbische Sprache ist ohnehin auf dem besten Wege, salonfähig zu werden. Denn wenn unser „Ländle" erst im Kreise der Global Player eine noch größere Rolle spielt als bisher, dann wird jeder Manager, der was auf sich hält, nicht mehr zuerst Englisch reden müssen, sondern Schwäbisch. Dann verschwindet auch der großkotzige Begriff „COE" wieder, was „Chief of Executive" bedeutet und nicht etwa ein Exekutionskommando ist. In Wirklichkeit ist es halt jene Person, die sich in einem Betrieble besonders wichtig nimmt, was sich natürlich in der fürstlichen Entlohnung niederschlägt.

Klar, der Schwabe ist da doch eher bescheiden und zeigt nicht so gern, was er hat und sich leistet: „der Daimler" steht in der klimatisierten Garage, das Zweit- oder Drittwägele - Polo oder Fiesta - parkt am Straßenrand. Ein echter Schwabe gibt sich zurückhaltend und protzt nicht. Er lässt gerne die „Großschwätzer von nördlich der Mainlinie" angeben. Wenn Champagner fließt, schlotzt der Schwabe lieber seinen „Württemberger". Oder einen aus Baden. Wer jemals irgendwo bei einer großen Reise mit anderen deutschen Touristen zusammengesessen ist, kennt das Spielchen zur Genüge: Irgendeiner beginnt beiläufig zu erzählen, was für ein toller Hecht er ist, besonders geschäftlich und im Umgang mit Aktien. Rein zufällig lässt er den Hinweis auf seinen Porsche oder auf mehrere absolvierte Kreuzfahrten fallen, bestenfalls auch auf eine Jacht, schwärmt von dem tollen Seeblick, das er vom heimischen Büro aus habe und klagt, wie komplex doch die Technologie des heimischen Pools sei. Der Schwabe hört zu, schweigt „ond denkt sei Sach." Übersetzt: er glaubt dem Schwätzer kein Wort. Manchmal grummelt er auch: „I sag nex, aber was i denk, isch furchtbar." (Ich sage nichts, aber was ich denke, ist furchtbar).

Dass nun die Landesregierung auf die grandiose Idee gekommen ist, das „Ländle" marketingmäßig aufzumotzen, stammte sicher nicht von der „Miste eines Schwaben" (so sagt man, wenn irgendein Unsinn verzapft wird). Um das (übrigens völlig verkehrte) Image, bieder, konservativ und eigenbrötlerisch zu sein, abzustreifen, musste eine Werbeagentur her. Koste es, was es wolle. Man spricht von über 20 Millionen Euro. Ja, die Leutchen vom Format der Sprüche-Erfinder und Sprücheklopfer berechnen ihre Honorare und Aufwendungen nach Gehirn-Aktivitätsstunden. Und wer schon mal einen Handwerker gebraucht hat, weiß längst, was allein in diesem doch eher profanen Bereich eine Stunde kostet. Dabei braucht doch ein Handwerker „nur" Hammer, Schraubenzieher, Schaufel, Pinsel und Farbe, allenfalls noch ein paar Maschinchen. Was ist das schon gegen das viele Hirnschmalz, das bei angestrengtem Nachdenken für einen neuen Slogan fürs Ländle fließen muss? Und dies Stunde um Stunde. Schweißtreibend, am Schreibtisch hängend. Bei einem Sekundenlohn von schätzungsweise 300 läppischen Euro plus Mehrwertsteuer. Mindestens.

Was dabei herausgekommen ist, darf als geradezu revolutionär bezeichnet werden. „Koiner hätt's denkt", staunt der dumme Schwabe (übersetzt: keiner hätt's gedacht) über das, was da einige Nichtschwaben aus nordischen Gefilden zusammengebastelt haben: „The Länd." Schwänglisch. Also ein Kauderwelsch aus Schwäbisch und Englisch.

Okay, dieser geniale Einfall soll ja Fremdlinge auf das Schwabenland aufmerksam machen - da muss es schon irgendwie „internäschnel" (international) klingen. Nur weshalb man gleich euphorisch wochenlang das ganze „Ländle" mit grell-gelben Plakaten dieser Aufschrift zugekleistert hat, darüber darf gerätselt werden. Wo doch kein Schwabe jemals dieses unglückselige englische „Ti-eitsch" (das „th") hat aussprechen können, ohne die Zungenspitze zwischen Schneidezähnen und Unterkiefern in äußerste Gefahr zu bringen. Oder sein Gegenüber unbeabsichtigt zu „duschen" oder, noch schlimmer, im hohen Bogen das künstliche Gebiss hinauszuschleudern. Außerdem hat keiner dieser Slogan-Erfinder bedacht, dass „the länd" zwar ausländisch klingt, man aber wohl außerhalb des deutschen Sprachraums nur selten ein „Ä" - also einen Umlaut - auf der Computertastatur findet. Nur unter „Sonderzeichen", von denen kein Mensch weiß, unter welcher Tastenkombination sie versteckt sind. Bei Apple oder Microsoft.

Egal, wie man's schreibt, wie man's ausspricht oder wie man drüber denkt: ich sage allen, die dieses Büchle lesen und sich damit humorvoll, nachdenklich und besinnlich durchs Jahr begleiten lassen: „Well-kamm in the Länd."

Eigentlich brauchen wir gar keinen Slogan. Denn wer nicht weiß, wie schön unser „Länd" ist, ist selber schuld. Und außerdem sind wir sowieso lieber unter uns. Dann brauchen wir gleich gar kein „astreines Hochdeutsch" zu versuchen. Jedenfalls ist „the Länd" das ganze Jahr über traumhaft: bei Schnee auf den Hochflächen, bei Sonne in den Flusstälern und auf der Alb - und, natürlich, am Bodensee. Wobei man natürlich ehrlicherweise sagen muss, dass die genaue geografische Abgrenzung nicht unbedingt etwas mit den Grenzen Baden-Württembergs zu tun hat. Es gibt ein Oberschwaben, womit etwa die Gegend zwischen Donau und dem nördlichen Bodensee-Bereich gemeint ist - und es gibt das Bayrisch-Schwaben, das östlich über die Landesgrenze Richtung Augsburg reicht.

Die typischen Schwaben nordet man gerne ins württembergische Gebiet ein (überwiegend nördlich der Donau Richtung Stuttgart). Wobei heutzutage niemand mehr so genau die Abgrenzung kennt. 1952 ist Baden-Württemberg (nach einer sehr komplizierten politischen Geburt) durch den Zusammenschluss der viel kleineren Vorgängerländer Württemberg-Baden, Württemberg-Hohenzollern sowie Baden entstanden.

Anfangs hatte es nicht den Anschein, als wachse zusammen, was zusammen gehöre. Persönliche Befindlichkeiten von Politikern hatten schon damals eine Rolle gespielt. Im badischen Freiburg stichelte man gegen das wohlhabende württembergische Stuttgart. Auch heute noch überzieht man sich bisweilen mit Spott und Häme. Wie man so weiß, mögen es die Badener gar nicht, als „Badenser" tituliert zu werden. Bisweilen nennt man sie auch „Gelbfüßler", wozu das Internet-Lexikon Wikipedia zu berichten weiß, die Bezeichnung gehe auf die württembergischen Weinbauern des Unterlandes zurück, die gelbe hirschlederne Hosen tragen. Oder es bezieht sich auf die Farbe der uniformartigen Bekleidung der Hofbediensteten.

Wo aber nun wird das Schwäbische geschwätzt? Um es gleich klarzustellen: das „richtige" Schwäbisch gibt es gar nicht. Es besteht aus vielen Dialekten, die sich teilweise nur in Nuancen und teilweise schon von Ort zu Ort unterscheiden. Eingrenzen kann man also den Sprachraum vom Mittleren Neckarraum übers Oberschwäbische bis übers Allgäu ins Bayerische. Nur Insider vermögen herauszuhören, zu welcher Region das Gehörte gehört.

Doch egal, wie man schwätzt: zu jeder Jahreszeit hat „the Länd" etwas zu bieten: Wintersport im Schwarzwald oder an schneebegünstigten Nordhängen der Schwäbischen Alb, hinter die sich die Sonne zurückzieht. Denn wenn sie im Januar noch tief hinterm Horizont steht, werfen die Berge lange Schatten. Dann ist die Zeit, dass sie bald wieder höher steigt. Vom ersten bis zum letzten des Monats Januar steht die Sonne bereits über eine halbe Stunde länger überm Horizont. Sofern man den vor lauter Berge sieht.

Gedanken zum Januar

Es liegt etwas Drohendes in der Luft. Kaum ist es Mittagszeit, hat es schon wieder zu dämmern begonnen. Als ob es mit der Erde zu Ende ginge. Als würde sich die Sonne langsam zurückziehen und sich allmählich ganz verabschieden. Seit Wochen schon war sie nur noch knapp über dem Horizont zu sehen - und dort, wo es Berge gab, warf sie lange Schatten, hinter dem sie verbogen blieb. Das verhieß nichts Gutes. Ginge dies so weiter, würde in wenigen Monaten das wärmende Licht vollends ganz erlöschen. Und niemand würde etwas dagegen unternehmen können. Falls der Planet aus dem Gleichgewicht dieser Urkräfte käme, würde die Schöpfung die ganze Quelle ihres Lebens verlieren.

Die Tiere und Pflanzen haben sich längst zurückgezogen - so, als stünde etwas Dramatisches, etwas unaufhaltsam Endgültiges bevor. Es ist still geworden, auch in den Wäldern. Nur vereinzelt wagt es eine aufgeregte Krähe, einen krächzenden Laut von sich zu geben. Ein schauriger Schrei. Vielleicht ein Hilferuf. Einige Spatzen und Meisen streiten im farblosen Park begierig um ein paar Körner. Als sei es der verzweifelte Versuch, dem Untergang noch zu entgehen.

Pfützen sind zugefroren, eisige Kälte hat sich übers Land gelegt. Die Bäume haben längst all ihr Laub verloren und die Tannen auf den Bergen sind weiß-glänzend überzogen, als bereiteten sie sich für den Übergang in eine andere Zeit vor.
Nur die Menschen, so scheint es, taten noch immer so, als gehe sie dies alles nichts an. Im Gegenteil: Ihre Hatz und ihr Stress vergrößerten sich von Tag zu Tag. Je dunkler es wurde, desto emsiger vertieften sie sich in ihre Arbeit. Sie vergaßen sogar, sich an dem Lichterglanz zu erfreuen, am zaghaften Versuch, in die stets länger werdende Dunkelheit wenigstens ein bisschen Helligkeit zu bringen. Es war noch Nacht, wenn sie morgens zur Arbeit fuhren - und es war schon wieder Nacht, wenn sie am Nachmittag müde nach Hause kamen. Und wenn sie am Wochenende ein paar freie Stunden hatten, lag dichter, farbloser Nebel auf dem Land, weil die Sonne die Feuchtigkeit nicht mehr aufsaugen konnte.
Alles war nass oder gefroren. Jeder Atemzug ein feucht-kalter Luftstrom. Und jeder Schritt führte über eine glitschig braune Masse, zu der das einst grüne Laub vermoderte. Leise legt sich Schnee darüber.
Die Sonne hatte alles im Stich gelassen, was im Sommer lebendig gewesen war. Was es bedeutete,

kein Licht und keine Wärme zu haben, wurde überall in der Natur sichtbar. Die hohe Zeit der Moose und Pilze schien anzubrechen. Die letzte erfrorene Rose war vor wenigen Tagen geknickt.

Es war, als wolle die Sonne diesen Platz der Erde vergessen, um andere Orte zu beglücken - Orte jedenfalls, die gerechterweise auch ein bisschen Wärme und helles Licht erhalten sollten. In einer Gegend, die hiesige Menschen ein bisschen verächtlich mit „unten" bezeichneten. Obwohl es da draußen im Nichts des Weltalls nicht wirklich ein „oben" oder „unten" gab. Es kam auf die Betrachtungsweise an. Des einen Leid, des anderen Freud.

Mein Gott, von welchem Kulturschock wird man ereilt, wenn man in diesen Wochen „die Menschen da unten" besucht, also jene, die südlich des Äquators leben. Die in Sidney beispielsweise, wo in der Fußgängerzone völlig deplatziert ein rotgewandeter Weihnachtsmann sitzt - in der Hitze eines Dezember-Sonnentages. 35 Grad im Schatten. Und in den Schaufenster-Dekorationen winterliche Szenerien mit künstlichem Schnee. Musik von „White Christmas". Erinnerungen werden auch an einen Thailand-Urlaub wach, als zu dieser Zeit am Hotel-Pool in brütender Hitze mehrmals täglich „Let it snow" aus dem Lautsprecher tönte. Völliger Irrsinn dann die Skihalle in Dubai. Dicke Glasscheiben trennen die gekühlte Schneepiste vom gnadenlosen Klima der Wüstenstaates.

Ja, auch auf den Kanaren, die zwar auf nördlichen Breitengraden liegen, aber trotzdem einen günstigeren Winkel zur tief stehenden Sonne haben, wird winterliche Weihnachtsseligkeit verbreitet. Aus vielen Lautsprechern erklingt „Felice Navidad".

An all dies mag man ein bisschen wehmütig denken, wenn heimische Gefilde ins Abseits der Sonne gesunken sind und wenn man darüber nachzugrübeln beginnt, wer dieses Kommen und Gehen unserer lebenswichtigen Wärmequelle so exakt eingerichtet hat. Wie ein Uhrwerk, das nicht mit filigranen Zahnrädchen (oder digitaler Steuerung) angetrieben wird, sondern das aus gewaltigen Kolossen besteht, die von kosmischen Kräften in ihren Umlaufbahnen gehalten werden. Mit atemberaubender Geschwindigkeit und präziser Rotation um die eigene Achse. Dies allein hätte uns zur Zeitmessung gereicht: einmal um die Sonne ist ein Jahr. Und einmal um die eigene Achse ein Tag. Ergibt rund 365 Tage. Doch für den Auf- und Abstieg der Sonne also für die Jahreszeiten, bedurfte es noch eines weiteren Kniffs. Diesen haben wir der schräg stehenden Erdachse zu verdanken. Laienhaft ausgedrückt: die Achse unseres Planeten zwischen Nord- und Südpol steht nicht im rechten Winkel zur Sonne. Diese schräge Konstellation - wodurch und weshalb sie auch eingerichtet worden sein mag - führt dazu, dass im Laufe eines Jahres mal die nördliche und mal die südliche Erdhalbkugel stärker von der Sonne beschienen wird. Und zwar mit der Präzision eines Uhrwerks.

Wer in einem tief eingeschnittenen Gebirgstal wohnt, kann in der misslichen Lage sein, dass die tief stehende Sonne während der Winterwochen gar nicht über den Berg reicht. Die Betroffenen können aber dank der Himmelsmechanik genau sagen, wann sie verschwindet und wann sie wieder auftaucht. Und zwar auf den Tag genau. Jahrein, jahraus. Seit Jahrmillionen. Und so wird es noch einige Milliarden Jahre weitergehen. So lang die Sonne besteht.

Das bringt Trost für alle, die in winterlicher Dunkelheit die helle Zeit herbeisehnen. Sie können drauf vertrauen, dass es ab dem 22. Dezember wieder der Sonne entgegen geht. Auch wenn es anfangs nur wenige Minuten sind, so glaubt man doch, die Aufbruchstimmung zu spüren. Bald schon werden auch die Vögel wieder aktiver und wenn der Winter nicht allzu grimmig wird, wagen sich in sieben Wochen bereits die ersten Pflänzchen aus der Deckung. Kraftvoll bohren sie sich durch das vermoderte Laub des Waldbodens. Die Natur ist lässt sich nicht bezwingen. Ihr ewiges Spiel beginnt von neuem. Zuverlässig und mit der Gewissheit, dass kein Winter so kalt und dunkel sein kann, dass nicht irgendwann ein wärmendes Licht die Natur erwachen lassen könnte. Ein wunderbares System, in dem alles weiß, wann die richtige Zeit gekommen ist.

Und was wäre, wenn es keinen Winter gäbe? Würden wir uns noch auf eine blühende Blumenwiese freuen, auf das frische Grün der Wälder und auf die Lebendigkeit der Natur, wenn das ganze Jahr über Sommer wäre?

Wer wachsam durch die Natur streift, wird im Wechsel der Jahreszeiten nahezu täglich Neues

entdecken. Es kann ganz schön spannend sein, dieses
Wunder der Schöpfung zu beobachten.
Je nachdem, ob die Sonne - von der Erde aus gesehen - am Tag ihres tiefsten Wendepunkts vor oder
nach Mitternacht diese Konstellation erreicht,
kommt entweder dem 21. oder dem 22. Dezember
eine ganz besondere Bedeutung zu: er symbolisiert
uns, dass es nach jedem Tiefpunkt wieder aufwärts
geht. Ganz sicher.

Februar

Stillstand. Nichts bewegt sich, nichts rührt sich.
Nur vielleicht mal eine verängstigte Meise am Vogel-
haus, bisweilen ein paar quirlige Spatzen. Im Schutze der langen Dunkelheit huscht ein Mäuschen aus
den Spalten einer Natursteinmauer. Nachbars Katzen hegen zwar Verdacht, scheinen aber keine Geduld zu haben. Vielleicht ist es ihnen auch einfach zu
kalt. Sie tapsen irgendwie lustlos ums Haus. Die Luft
feucht, das Erdreich gefroren. In schattigen Ecken
das langweilige Weiß des Schnees.
Doch gerade jetzt, da im Jahreslauf der Tiefpunkt
überschritten ist, macht sich Hoffnung breit, die
uns allen signalisiert: wenn man ganz tief unten ist,
kann es nur noch aufwärts gehen. An diesen eisigen
Tagen Anfang Februar scheint die Natur Luft zu
holen und sich langsam aus der winterlichen Lethar-
gie herauszuschälen. Noch ist der Blick in den Gar-

ten grau und trübe, die Wälder drumrum sind kahl und der mancherorts erst zaghaft von der Sonne erwärmte Boden sumpfig. Auf der vermoderten Pracht des Sommers fühlen sich die Tritte weich wie auf einem Teppich an. Doch am Himmel gibt noch immer viel zu oft ein graues Tuch der kurzen Tageshelle keine Chance.

Wo sind sie jetzt hin, die krabbelnden Käfer und Würmer, die zerbrechlichen Falter und die Kröten und Molche? Wo die lästigen Schnecken, die summenden Bienen und die brummenden Wespen? Was ist mit den bunten Blumen geschehen, deren abgeschnittenen oder geknickten Stängel noch aus frostiger Erde ragen?

Die Kraft und Energie hat sich in Knollen und Wurzeln zurückgezogen. Eier, Larven und Kleingetier verharren versteckt und sicher verpackt im Untergrund, bis kräftigere Sonnenstrahlen einen neuen Anfang versprechen.

Es ist Lichtmess. 2. Februar. Wer auf Anhöhen oder in weitem Land wohnt, wo die Sicht vom Horizont zu Horizont reicht, wird diese Aufbruchstimmung kaum spüren. Ja, die Sonne ist ein paar Monate tiefer gestanden, später auf- und früher untergegangen.

Auch die Schatten waren länger. Aber sie war da, die Sonne - wenn kein grau-trister Vorhang gespannt war.

In den Tälern hingegen lagen lange Schatten und dauerhafte Düsternis. Hier blieb die Sonne wochenlang hinter den steil aufragenden Hängen verborgen. Die Menschen in den Tälern wissen es deshalb zu schätzen, dass zu Lichtmess die Sonne bereits wieder an Höhe gewonnen hat. Sie haben erkannt, wie es ist, im Einklang mit der Natur zu leben, nicht natur-entwöhnt zu sein und die Himmelsmechanik zu kennen. Sie haben es zu schätzen gelernt, sich auf die wieder zurückgekehrte Sonne freuen zu können. Lichtmess ist für viele Tal-Bewohner so eine Art Wendezeit. Sie können darauf vertrauen, dass die mächtigen Himmelskörper sekundengenau ihre Bahnen ziehen und sich wie ein Uhrwerk drehen. An Lichtmess markiert die Sonne am Horizont einen Punkt, an dem sich viele Schatten-Bewohner orientieren. Ist sie schon überm Berg oder scheint sie erst durch die bewaldete Hangkante? Oder hat sie es bereits geschafft? Dann wird ihre Bahn von Tag zu Tag einen höheren und somit längeren Bogen beschreiben. Die Berge verlieren ihre langen, kühlende Schatten. Nur vier Wochen noch, dann zieht der Frühlingsmonat März ins Land. Eine neue Lebendigkeit beginnt - mit all der Faszination, die uns das lebensfreundliche Zusammenspiel unseres Planeten mit der Sonne beschert. Alles nur ein Zufall? Oder das geniale Wirken einer unergründlichen Schöpfung, die es zu schützen gilt.

Februar bedeutet neues Licht und Aufbruch. Und Fasching. Ein bisschen Abwechslung vom Alltag. Zum Beispiel in einem „Wirtschäftle", wie wir Schwaben zu sagen pflegen. In einer „Boiz". Wobei es für diesen Begriff keine adäquate hochdeutsche

Übersetzung geben kann. Zumal „Boiz" sogar zwei
völlig gegensätzliche Bedeutungen hat. Die offizielle
Bezeichnung für „die Beize" ist zwar „gewöhnliches
Wirtshaus, Kneipe." Doch im Schwäbischen kann eine
„Boiz" zweierlei sein: Erstens eine Art Spelunke und
zweitens schmeichelhaft für ein sehr schönes
„Wirtschäftle" mit nettem Ambiente. Wie so oft im
Schwäbischen, kommt es auf die richtige Betonung
und das richtige Adjektiv an. Wenn jemand sagt
„des isch a schlemme Boiz" (das ist eine schlechte
Kneipe), dann muss auch der Tonfall entsprechend
abwertend sein. Sagt aber jemand: „I bin dr Letzte
en dr Boiz" („Ich bin der letzte in der Kneipe"),
dann fühlt er sich dort besonders wohl. Vermutlich
nicht nur im Fasching. Und der Letzte im „Wirtschäftle" zu sein, hat ja auch seine Vorteile. Dann
kann man nicht zum Gespött eines noch sitzen ge-
bliebenen Lästermauls werden.

Manchmal aber sind die Zeiten so, dass einem das
Lachen im Halse stecken bleiben könnte. Und man
spürt, dass halt alles seine Zeit hat: zum Lachen,
zum Weinen, zum Hoffen. Wir haben es noch allzu
gut in Erinnerung: Über zwei Jahre lang Corona -
dann kurz vor dem Faschingswochenende 2022 ein
völlig irrer Russe in Moskau! Alles Gründe, die Fa-
schingsfröhlichkeit ausfallen zu lassen. Wenn wir
uns aber alle Widrigkeiten aufs Gemüt schlagen lassen, werden wir in eine tiefe Depression versinken.
Nein, lasst uns nach vorne schauen, und zwar opti-
mistisch. Die Irren und Verrückten, die Psychopaten

und Paranoiden werden niemals siegen, denn sie stehen mit ihren kruden Ideen und verqueren Weltanschauungen allein. Die Menschen auf der ganzen Welt wollen nur eines: in Frieden leben. Und wenn wir darin eins sind, uns erheben und friedfertige Stärke zeigen, eine Massenbewegung draus machen, die den ganzen Globus umfasst, wird das Gute eines Tages das Böse überwinden. Dieser gemeinsame Geist des Guten kommt in vielen Liedern und Kunstwerken zum Ausdruck. Sie lassen uns spüren, dass es einen Weg in eine neue Zukunft gibt.

Allerdings dürfen wir das Geschehene nicht aus den Augen verlieren. Wir dürfen keinen falschen Propheten folgen. Denn die Welt ist voller Lug und Trug, voller Lügen und falschen Versprechungen. Gerade der Monat Februar symbolisiert mit seinen Faschingstagen, wie es sich hinter Masken verstecken lässt. Spätestens der Aschermittwoch versinnbildlicht uns, dass sich unter mancher Maske eine hässliche Fratze verbirgt: ein Teufel in Engelsgewand. Als ein Beispiel dafür, wie versteckt das Böse sein kann, wird der Februar des Jahres 2022 in die Geschichtsbücher eingehen. Und es ist leider nicht nur ein bitterböses Märchen. Aber manchmal kann man mit einem Märchen die Wahrheit am besten darstellen. Auch wenn einem dabei das Lachen im Halse stecken bleibt.

Der große Lügen-Prinz

Es war einmal ein Karnevalsprinz, der über und über mit gold-glitzernden Orden behangen war - so schwer, dass er unter ihrer Last beinahe zusammenbrach. Doch er trug all diese Ehrenzeichen tapfer, war er doch fest davon überzeugt, sie seien ein untrüglicher Beweis dafür, König über ein großes Reich zu sein. Und die Elferräte, die Prinzengrade und sein ganzes Gefolge huldigten ihm, dem ganz großen Karneval-Guru, der so schön reden konnte und doch im Grunde seines Herzens finstre Gedanken hegte. Mochten seine Späße und Witze auch albern und abgedroschen sein, bisweilen sogar geschmacklos und widerlich, so lachten alle um ihn herum trotzdem, um ihn im Glauben zu lassen, der Größte aller Zaren zu sein. Im Laufe der Jahre war es ihm gelungen, nur Gleichgesinnte um sich zu scharen, die ihm widerspruchslos folgten und seine hohlen Phrasen und dreisten Lügen nicht durchschauten. Sie überhäuften ihn sogar mit weiteren Orden und Ehrenzeichen, lagen ihm zu Füßen und gestanden ihm uneingeschränkte Machtbefugnisse zu.

Zwar beschlich manchen aus der unterwürfigen Karnevalistenrunde gelegentlich das schale Gefühl, der Prinz könnte gar kein Zar, sondern ein Aufschneider, ein armseliger Sonderling oder ein zum Psychopathen mutierter traumatisierter Egoist sein, aber keiner wagte, es auch nur andeutungsweise auszusprechen. Nicht einmal hinter vorgehaltener Hand.

Der Prinz hatte sie alle längst mit seinen schmutzigen Witzen gefügig gemacht und auch mal durchblicken lassen, dass es jeder aus seinem Gefolge bereuen würde, nicht mehr dieser erlauchten Gesellschaft angehören zu dürfen. Denn nur Mitglieder in dieser Karnevalsgesellschaft genossen Ansehen und Privilegien. Und einige, die abtrünnig geworden waren, hatte man nie wieder gesehen. Manche ihrer Namen konnte man nur noch auf Grabsteinen lesen. Weil er immer herrschsüchtiger wurde, vereinsamte der große Prinz eines Tages. Und als ihn dann auch noch seine Frau verließ, suchte er, so vermutete man, den Trost in Wodka und allerlei anderen Stimmungsaufhellern oder Sinnesverneblern. Nur so war zu erklären, weshalb sich sein Wesen geradezu schauderhaft veränderte.

Längst war ihm ein einziger Karneval im Jahr zu wenig und auch dort verhallten die Tusche für seine galligen Gags zunehmend ungehört. So kam es, dass der große Prinz nach neuen Möglichkeiten suchte, sein angeschlagenes Ego wieder in den Vordergrund zu rücken. Denn mit Sorge hatte er in seinem Spiegelbild gesehen, wie sein einst jugendliches Aussehen gelitten hatte, wie er fett und alt geworden war und ihn ein unsympathisches aufgedunsenes Gesicht anglotzte. Um zu zeigen, dass er noch immer fit und in der Lage war, ein karnevalistisches Volk zu führen, schwang er sich mit nacktem Oberkörper auf ein Pferd und galoppierte mit ihm, muskelstrotzend, durch unwegsames Gelände, als sei's die Taiga.

Es half aber nichts. Seine Büttenreden, die er hielt, wurden immer weniger beachtet. Seine Wortwahl war verschlungen und doch irgendwie prophetisch, bisweilen sogar so, als versuche er sich vor seinen Zuhörern als Geistheiler aufzuspielen. Dann konnte man meinen, er fühle sich wie jener Wanderprediger, dessen Name für ihn allein schon Programm sein musste: Rasputin, ein Freund des letzten russischen Monarchen. Dieser Rasputin hat jedoch ein tragisches Ende genommen: Ermordet am zweitletzten Tag des Jahres 1916. Just in jener Stadt, in der auch der große Prinz seine familiären Wurzeln hatte. Das machte ihm das Herze schwer.

Und so versuchte er, der alternde Prinz, derlei depressive Gedanken zu verdrängen und entschied, den Inhalt seiner phantasiereichen Büttenreden, die niemand wirklich ernst genommen hatte, nun in die Wirklichkeit umzusetzen. Wenn er schon im eigenen Karnevalsclub keine Anerkennung mehr fand, dann musste er sein Reich eben ausdehnen. Es gab ja noch andere Clubs, von denen er behauptete, sie lechzten nach einem großen stolzen Prinzen, wie er einer war. Schon lange hatte er in ein solches benachbartes, sehr erfolgreiches Karnevalsreich heimlich Elferräte und Zeremonienmeister entsandt, um die Lage zu peilen. Sie sollten den dort heimischen Karnevalsverein ausschalten und einen eigenen, natürlich viel besseren Club gründen, um dann lautstark die Forderung nach einem kompetenten Prinzen zu erheben. Dem einzigen wahren und wahrhaftigen. Dann würde er kommen, er, der große Zampano, der größte Zar aller Zeiten. Ein genialer Schachzug.

Als dieses Ansinnen in der „Narren-Administration-Territorial-Organization" (Nato) bekannt wurde, herrschte ob derlei imperialistischer Gedanken große Aufregung und Entsetzen. Die Karnevalsprinzen aus weitem Umfeld eilten herbei, um den aufmüpfigen Kollegen zu warnen, schließlich war diesem - den sie völlig unterschätzt hatten - tatsächlich alles zuzutrauen. Er sprach zwei- und dreideutig, doppelzüngig und verworren, womit Psychiater auf der ganzen Welt verschiedene, wenig schmeichelhafte Ferndiagnosen wagten.

Damit die angereisten Karnevalsprinzen die kalten Pokerface-Gesichtszüge des großen Prinzen nicht aus der Nähe sehen konnten - auch nicht, wie er ob der Lügen, die er plötzlich kaltblütig in den Raum stellte, knallrot anlief, war ein sechs Meter langer Tisch herbeigeschafft worden, an dessen Enden sich er und ein jeweils anderer Prinz weit entfernt gegenüber saßen. Für jene Besucher, denen diese Distanz zu groß erschienen wäre, lag ein Handy bereit. Man hatte den Besuchern, die nacheinander zur Audienz kamen, hoch und heilig versichert, dass für ein Telefongespräch von einem Tischende zum anderen ein ausreichendes Mobilfunk-Netz zur Verfügung stehen würde.

Der große Prinz, wie er sich nun immer häufiger selbst bezeichnete, ließ auch sein Gefolge antreten. Die überwiegend aus eingeschüchterten männlichen Hofnarren bestehende Gruppe musste - einer Kita-

Gruppe am ersten Tag gleichend - Wort für Wort wiederholen, was er ihnen vorplapperte: dass nämlich von einem fremden Karnevalsclub böses Ungemach drohe und man von fremden Elferräten, Narren und Clowns einen Angriff befürchte.

Also waren sie alle stumm, schweigend und untertänigst damit einverstanden, derlei Vorgehen zu verhindern. Nur einer aus der Runde hatte für einen kurzen Moment einen Kloß im Hals, bemerkte aber ein gefährliches Blitzen in den Augen des großen Prinzen und stotterte schließlich doch dessen Worte nach.

Was diesem skurrilen Auftritt folgte, konnten in diesen friedlich anmutenden Zeiten nur ganz große Hofnarren verstehen. Der große Prinz überfiel - als Karnevalsumzug getarnt - mit seinen uniformierten Vasallen den Nachbarverein und bediente somit sämtliche Vorurteile, die ihm schon immer entgegen geschlagen waren: dass er nämlich aus dem „Reich des Bösen" komme. Als großer, unberechenbarer Prinz des Bösen.

Über Nacht hatte er sich wie durch einen teuflischen Voodoo-Zauber in ein blutiges Horrormonster verwandelt, das einem kriegerischen Computerspiel oder einem Zombiefilm entsprungen zu sein schien. Doch was er jetzt anrichtete, war kein digitales Theater, sondern ein bitterböses analoges Zündeln an der ganzen Welt.

Die Friedliebenden merkten viel zu spät, wie er gelogen und betrogen hatte und wie er mit Menschenleben spielte, als seien es nur Figuren auf einem

Schachbrett. Was steckte tief in diesem Prinzen wirklich drin - und warum war niemand in der Lage, ihn zu stoppen, ihn aus diesem verrückten Spiel zu nehmen, zu eliminieren oder wenigstens Schach matt zu setzen? Warum hetzte er seine eigene Narrenschar so sehr auf, dass sie glaubte, die anderen, die in Wirklichkeit harmlose Menschen waren, ausschalten zu wollen? Alles doch auch Karnevalisten, die ihm nie zuvor Böses getan hatten.

Niemand in diesen Zeiten hatte ahnen können, dass es noch immer echte Wirrköpfe und Bösewichte gab, die in Gestalt harmloser Narren in hohe Positionen gehievt wurden und sich plötzlich selbst die Maske vom Gesicht rissen und ihre böse Fratze präsentierten, die viel furchterregender war als es jede Teufelsmaske sein konnte. Aber die Geschichte lehrte, dass es solche Typen schon immer gegeben hatte. Wenn die Menschheit nicht aufpasste, würde sie von ihnen überwuchert, wie das Unkraut es tat, wenn man einen Garten nicht mehr pflegte.

All jene, deren oberster Prinz er werden wollte, konnten sich nur einer Genugtuung sicher sein: dass er sich kaum noch irgendwo auf der Welt würde sehen lassen können. Er war quasi lebend bereits tot, noch ehe ihn ein guter Geist in die Hölle stoßen konnte. Aber in keinem Märchen hat ein Bösewicht je gesiegt - auch wenn es anfangs den Anschein dafür hatte.

Und so endet die Narrengeschichte des großen Prinzen wie alle Märchen mit der Bemerkung: Und wenn er nicht gestorben ist, dann lebt er noch heute.

Allerdings könnte ihn ein „gnädiges Schicksal" vor einem irdischen (Kriegs)-Gericht bewahren. Denn im Umfeld des Prinzen beträgt die durchschnittliche Lebenserwartung bei Männern, weil sich die meisten dem ungezügelten Wodkagenuss hingeben, derzeit nur 64 Jahre. Und der große Prinz ist bereits sechs Jahre darüber. Vor der Hölle ist also längst der rote Teppich ausgelegt und der Teufel hat die Begrüßungsformel gelernt: „Es ist angeheizt. Wolla m'rn reinlasse?" Ein millionenfaches „Ja" der Opfer ist ihm sicher. Tusch. Ausmarsch.

Wie anders als mit einem Märchen lässt sich das reale Geschehen manchmal drastisch darstellen! Hoffen wir, dass wir wieder unbeschwert Fasching - oder Karneval - feiern können. Lasst uns nicht in Depressionen verfallen - aber auch nicht die Sorgen mit Alkohol ertränken. Sondern lasst uns einfach in gemütlicher Runde, umgeben von lieben Freunden, die Schönheiten des Lebens und dieser einmaligen Schöpfung genießen. Und vielleicht ein bisschen bruddeln.
Wenn der Schwabe etwas kritisieren will, es aber eher diplomatisch aussprechen möchte, dann beginnt er den Satz mit „I sag ja nex, i moin ja bloß." (Ich sag ja nichts, ich mein' ja nur).

MÄRZ

Trotz Alltagshektik nicht übersehen: Morgens wird's
wieder früher hell. Die Vögel zwitschern. Und für
die Meteorologen beginnt am Ersten des Monats bereits der Frühling. Kalendermäßig ist dies zwar erst
in 20 Tagen der Fall - aber die Meteorologen rechnen der Einfachheit (und ihrer Statistik) wegen nur
in vollen Monaten. Deshalb beginnt der Frühling bei
ihnen am 1. März - und der Herbst am 1. September.
Obwohl die Tag- und Nachtgleichen (hellichter Tag
und Dunkelheit dauern an diesen Tagen gleich lang)
astronomisch natürlich auf ein anderes Datum fallen.
Und dann ist auch bald Ostern. Am frühesten übrigens am 22. März und am spätestens am 25. April.
Schuld an dieser großen Zeitspanne ist der Mond.
Ostern feiert man nämlich immer am Sonntag nach
dem ersten Vollmond nach Frühlingsanfang (wofür
immer der 21. März genommen wird, obwohl astronomisch gesehen dies auch mal einen Tag früher sein
könnte).
Weil zwischen Ostern und Aschermittwoch die
sechswöchige Fastenzeit liegt, richtet sich auch die
Länge der Faschingszeit nach dieser Konstellation.
Auch der Termin für Pfingsten ist in diese Berech-
nung eingebunden.
Die christlichen Feiertage stellen im kirchlichen
Jahreslauf gewisse Höhepunkte dar. Ostern gilt als
das wichtigste Fest überhaupt, wird doch dabei der
Kreuzigung und der Auferstehung Jesus gedacht.

Hartgesottenen Atheisten wird man dies alles natürlich nicht nahebringen können. Und doch müsste ihnen zu denken geben, dass der Glaube an eine große Macht und Kraft (nicht irdisch-politisch gemeint) über alle Kulturen hinweg vorhanden ist. Und es soll schon viele gottlose Zeitgenossen gegeben haben, die im Angesichte des Todes plötzlich doch bei einem Gott Zuflucht gesucht haben. Oder bei Schutzengeln. Vielleicht haben ja auch Sie, liebe Leser, schon einmal etwas erlebt, bei dem Sie sagen werden: das kann kein Zufall sein.

Ein evangelischer Pfarrer, der nachfolgend Aufgeschriebenes selbst erlebt hat, sagt noch monatelang danach, es habe wohl ein einziger Schutzengel gar nicht ausgereicht.

Schutzengel im Pfarrhaus

Er hatte schon vielen Menschen Trost gespendet. Sie aufgemuntert und auch dann, wenn sich in seiner Kirche nur wenige Gläubige versammelten, den Gottesdienst abgehalten. Und auch wenn es bisweilen frustrierend war, dass seine mit viel Liebe ausgearbeitete Predigt nur auf wenige Ohren traf, so gab er sich als Pfarrer einer kleinen Gemeinde seit vielen Jahren große Mühe, das Interesse an Kirche und Glauben lebendig zu halten. Das war nicht immer einfach, bürdeten ihm doch seine vorgesetzten Stellen immer neue Tätigkeiten auf. Vermutlich hatten auch bei den evangelischen Kirchen längst weniger die Theologen als viel mehr die Betriebswirtschaftler das Sagen. Deshalb wurde es für ihn und viele seiner Amtskollegen zunehmend schwieriger, die traditionelle Rolle eines Gemeindepfarrers wirklich auszufüllen.

Doch dann geschah etwas, das im Leben seiner Gemeinde, aber ganz besonders seiner Familie, wie ein Zeichen des Himmels erschien. An einem September-Nachmittag. Später würde er sogar von einem „zweiten Geburtstag" reden. Von einem Wunder mit mehreren Schutzengeln. Oder war doch alles nur ein Zufall?

Der Schock hat aus seinem Gedächtnis gelöscht, was er in dieser einen Sekunde gerade getan hatte. Als es passierte, war er im Büro des Pfarrhauses gewesen, das über einen Gang mit der danebenliegenden Kirche verbunden ist. Seine Frau hatte das Wohnzimmer mit dem Staubsauger gereinigt - und seine beiden Töchter im Teenager-Alter hielten sich „in den hinteren Räumlichkeiten" auf, wie er später berichten wird.

All diese vier Bewohner des weiß verklinkerten, villenartigen Flachdach-Häuschens, Baujahr 1968, das nur aus dem Erdgeschoss besteht, sind an diesem Mittwochnachmittag also an unterschiedlichen Stellen in der Wohnung beschäftigt.

Niemand kann zu diesem Zeitpunkt ahnen, welches Unheil tief unter dem Gang lauert, wo ein unterirdischer Leitungskanal finster, eng und nieder zur Kirche hinüber führt. Üblicherweise stieg dort nur selten jemand hinunter. Wegen der knapp bemessenen Höhe von allenfalls 1.70 Meter ist gebückte Haltung angeraten, weshalb dieser schmale unterirdische Raum auch als „Kriechkeller" bezeichnet wird und etwas Unheimliches an sich hat.

 Unbemerkt hat sich dort unten etwas zusammen gebraut, das verheerende Folgen haben sollte. Als sei es zwischen Pfarrhaus und Kirche der direkte Weg hinab zur Hölle. Nur ein einziger Zündfunke würde noch fehlen.

Und den sollte es geben. Nichts deutet aber an diesem Nachmittag zunächst auf etwas Ungewöhnliches hin. Kein Geräusch, kein Geruch. Und doch wird dieser Tag im September eine Zäsur im Leben der Pfarrersfamilie sein. Ein Tag, den diese vier Menschen nie mehr vergessen werden.

Denn es trifft sie aus heiterem Himmel: ein ohrenbetäubender Knall, das ganze Gebäude von einer gewaltigen Druckwelle erfasst. Im Bruchteil einer Sekunde wird eine ganz Fensterfront aus der Verankerung gerissen. Mauerwerk und Betonteile bersten, Fensterteile schleudern meterweit durch die Luft, ein Schachtdeckel ebenfalls. Glas splittert, Möbel zerbrechen, Rollläden krachen scheppernd herunter. Teile der Fassade zerbröseln, es riecht seltsam. Ein Rauchmelder schrillt. Staub und Qualm verhüllen das chaotische Bild der Verwüstung.

Die Pfarrersfamilie in Schockstarre. Dem puren Entsetzen folgt bei allen blitzartig die panische Sorge: Wo sind die jeweils anderen? Wo die Frau, wo die Töchter? Erste Erleichterung: die Zimmerdecken hatten stand gehalten. Niemand verschüttet. Aber das Wohnzimmer, wo der Pfarrer seine Frau vermutet, ist ein einziges Trümmerfeld. Bis vor wenigen Sekunden hatte die Frau dort mit dem Staubsauger hantiert. Ist sie verletzt? Wo ist sie? Gott sei Dank - sie lebt. Sie ist reflexartig und geistesgegenwärtig durch die Verwüstung zu den beiden Töchtern geeilt und hat sie übers Schlafzimmerfenster ins Freie bugsiert.

Der Pfarrer kann in diesem Augenblick kaum realisieren, was um ihn herum geschieht. Viel zu tief sitzt der Schock: „Verstanden hab' ich in den ersten Minuten gar nichts", wird er sagen. Die Erinnerung setzt erst wieder ein, als er Frau und Töchter draußen sieht: „Ich war glücklich, ja fast euphorisch und erleichtert, dass niemandem von uns auch nur irgendetwas passiert war."

Dann nähern sich auch schon die Sirenen der Einsatzfahrzeug. Denn von der Druckwelle und derem dumpfen Knall waren die Nachbarn aufgeschreckt worden. Irgendjemand hatte sofort einen Notruf abgesetzt. Nach dem Eintreffen der Rettungsdienste löst sich die Anspannung erst nach und nach. Erleichterung macht sich breit. Aber auch Verwunderung darüber, dass die Bewohner des verwüsteten Pfarrhauses unverletzt mit dem Schrecken davongekommen sind.

Schier unglaublich auch das Glück der Pfarrersfrau, die im Zentrum der Explosion gestanden war, als die unbändigen Kräfte der Detonation den Boden unter ihren Füßen angehoben hatten und ein Inferno aus

Scherben und Fensterteilen über sie herein gebrauchen war, als habe eine Bombe eingeschlagen.

Sekunden hatten über Leben und Tod entschieden. Ihre Rettung war gewesen, dass sie sich just in diesem Moment über das Sofa gebückt hatte, um dahinter Staub zu saugen. Das schwere Möbelstück hat sie vor der direkten Druckwelle geschützt.

Zufall? Oder ein Wunder? Oder doch eher Schutzengel? Wer derart dem Tod nah war und es kaum fassen kann, dass alles gut gegangen ist, der wird in seinem Glauben bestärkt sein - erst recht natürlich ein Pfarrer, der Wochen später sagt: „Gott hat uns behütet und bewahrt. Nicht nur ein paar Schutzengel oder das reine Glück oder ein günstiger Zufall haben uns beschützt. In meinen Augen war es ein Wunder, das Gott für uns getan hatte. Anders kann ich es bis heute nicht ausdrücken."

Rätselhaft wird bleiben, weshalb in dem unterirdischen Verbindungsgang eine Gasleitung leck gewesen ist. Jedenfalls hatte sich dort ein zündfähiges Gemisch gebildet, das durch einen einzigen Funken seine zerstörerischen Kräfte entfesselt hat. Was jedoch die Ursache war, wird vermutlich nicht mehr in Erfahrung zu bringen sein.

Alles ein Zeichen des Himmels, der mit einem Donnerschlag zeigen wollte: ich bin da, um euch zu beschützen?

Merkwürdiger Hinweis

Nur ein guter Zufall? Es gibt sie tatsächlich - und sie können ein Zeichen des Himmels sein. Also mehr als ein gewöhnlicher Zufall. Was eine Mutter schildert, deren Sohn im Alter von 15 Jahren spurlos verschwunden ist, wie vom Erdboden verschluckt, kann man kaum nachempfinden. Es muss schrecklich sein, seit Oktober 2001 in Ungewissheit zu leben. Und doch hat es 16 Jahre später ein seltsames Zeichen gegeben. Damals haben die Eltern neue Hoffnung geschöpft, dass ihr Kind, das längst erwachsen wäre, noch irgendwo lebt. Möglich, dass der Sohn aufgrund einer gesundheitlichen Einschränkung (Epileptiker) gar nicht weiß, wer er ist und wo er herkommt.

Er war in einer Förderschule gewesen, nicht weit weg von seinem Elternhaus. als die ganze Klasse einen Waldspaziergang machte, ebenfalls nicht weit entfernt. Doch unterwegs in bergigem Gelände war der 15-Jährige plötzlich verschwunden. Obwohl dies seine Mitschüler und der Lehrer sofort bemerkten, fand sich keine Spur mehr von ihm. Einsatzkräfte wurden alarmiert, Hubschrauber eingesetzt. Das gesamte Gelände wurde systematisch durchkämmt, Hohlräume überprüft - aber es gab keinen einzigen Hinweis, wohin der Junge so schnell gegangen sein könnte. Einige Tage später meldete sich der Fahrer eines Paketdienstes und erklärte, er habe rund 30 Kilometer entfernt einen Anhalter mitgenommen, auf den die Beschreibung passe. Der Junge sei ziemlich verschmutzt gewesen und habe auch seinen Namen gesagt - der exakt auf den Vermissten zutraf. Dieser sei mit dem Hinweis, er werde nach Hause gehen, wenig später wieder ausgestiegen.

Dann dauert es zwei Jahre, bis er in einer größeren Stadt, rund 40 Kilometer entfernt, von einem früheren Mitschüler gesichtet und sogar angesprochen wird. Doch dieser reagiert zu spät - und auch dessen Vater kann zwar die Begegnung bestätigen, hat die Situation aber offenbar ebenfalls nicht richtig eingeschätzt.

So vergeht Jahr um Jahr. Das rätselhafte Verschwinden des Kindes nagt an den Seelen der Eltern. Doch so sehr sie auch grübeln - es gibt nichts, was den Buben bewogen haben könnte, einfach wegzugehen. Die schulischen Leistungen waren zufriedenstellend. Doch etwas ist dann doch: mit einem Lehrer soll es bisweilen Probleme gegeben haben. Und bereits eine Woche zuvor hatte der Bub während einer ähnlichen Wanderung mit einer anderen Klasse versucht, sich zu entfernen. Warum, weiß niemand. Als ihn die Mutter an besagtem Oktober-Morgen vor seinem Verschwinden zum Schulbus bringt, sagt er eher beiläufig: „Aber Gott ist immer gerecht." Was dieser Satz bedeutet, gibt den Eltern Rätsel auf. Religiös war der Bub, hatte die Eltern auch gelegentlich zu einem überkonfessionellen Glaubenskreis begleitet, der der evangelischen Kirche nahesteht. Trotz seiner leichten Behinderung hatte er Rechnen, Lesen und als Fünfjähriger sogar schon schreiben können, zeigte sich an Heimatkunde und an ägyptischer Geschichte interessiert.

Immer wieder quält die Eltern die Frage, ob ihr Sohn, der jetzt ein erwachsener Mann sein musste, noch lebt. Wenn ja, dann hatte er gleich nach seinem Weggang einen Unterschlupf gefunden und war ohne jene Medikamente ausgekommen, die er damals hatte regelmäßig nehmen müssen. Dies konnte durchaus sein, denn der Bruder, der unter der gleichen Krankheit litt, hatte diese Medikamente irgendwann auch nicht mehr gebraucht. Hoffnung schöpfen die Eltern auch aus der Tatsache, dass sich die Schulklasse ihres Buben in den Wochen vor dessen Verschwinden ausführlich mit dem Leben in freier Natur befasst hatte.

Immer wieder werden die Eltern zwischen Hoffen und Bangen hin- und hergerissen. Sogar in der jüngsten Vergangenheit - nun über 20 Jahre später werden sie um eine DNA-Probe gebeten, weil die Untersuchungsmethoden des Erbguts stets verfeinert würden, heißt es. So unterliege ein Erbgutabgleich mit den wenigen sterblichen Überresten unbekannter Toter immer verfeinerter Methoden. Als wieder einmal irgendwo die sterblichen Überreste eines unbekannten Menschen entdeckt wurden, hat man erneut verglichen. Vergeblich. Aber wäre es ein Trost, Gewissheit vom Tode des Sohnes zu erhalten?

Dann, 16 Jahre nach dem Verschwinden, ein denkwürdiges Ereignis. Die Eltern machen Wanderurlaub, wie schon öfters mal: ein Pauschalangebot, bei dem das Gepäck von Hotel zu Hotel transportiert wird. Rein zufällig entscheiden sie sich für den Bayrischen Wald - und haben am Etappenziel des guten Wetters wegen ihren Aufenthalt um ein paar Tage verlängert. Sie machen noch einige Ausflüge und diskutieren bei Spaziergängen wieder einmal darüber, ob sie ihren Sohn eines Tages offiziell für Tod erklären lassen wollen. Doch diese finsteren Gedanken verschwinden wenig später beim Besuch eines Mineralienmuseums. Beim eher beiläufigen Durchblättern des Besucherbuchs, in dem viele Touristen handschriftliche Kommentare zu der Ausstellung hinterlassen haben, stoßen sie auf einen wohl bekannten Namenszug - eben jenen ihres Sohnes. Die Schrift erinnert sofort an die Art und Weise, wie er als 15-Jähriger seinen Namen geschrieben hatte. Und noch etwas lässt das Ehepaar den Atem stocken: Der Name war mit aufgemalten Edelsteinen verziert - exakt so, wie ihr Sohn sie auch manchmal gemalt hatte.

Neue Hoffnung keimt auf. Doch der Versuch, den mehrere Monate alten Bucheintrag zurückzuverfolgen, schlägt fehl. Niemand kann sagen, ob der Schreiber allein oder mit einer Gruppe unterwegs war - geschweige denn, woher er kam.

Eines aber steht für die Eltern fest: Dieser Zufallsfund ist ein Zeichen dafür, dass ihr Sohn noch irgendwo lebt. Das Thema, ihn für tot erklären zu lassen, wurde nicht mehr angesprochen. Sie hoffen weiter. Auch, dass sich irgendwann einmal Menschen melden, die den Vermissten kennen oder gesehen haben.

Verblödet und verbohrt

Man muss die kleinen Zeichen des Himmels erkennen und zu deuten verstehen. Unsere Altvorderen hatten dafür noch eher ein Gespür als wir, die angeblich so aufgeklärten und nüchternen Menschen. Wir sollten aber nicht vergessen, dass es zwischen Himmel und Erde viele Dinge gibt, die man (noch) nicht erklären kann. Und dazu zählt vor allem eines: das Leben. Mag man noch so sehr der Wissenschaft huldigen, die versucht, für alles und jedes eine plausible Erklärung zu haben - so bleibt doch die letztendliche Frage: Wie kann Materie Leben entfalten? Natürlich kennt man die chemischen Stoffe, die dazu notwendig sind - aber woraus besteht der Geist? Was macht unser kleines Gehirn so unglaublich leistungsfähig? Was löst das „Gute" aus und was das „Böse"?

Wer ein offenes Auge für die wundersame Natur hat, wird erkennen, wie alles ineinander greift. Wie ein großer Mechanismus, wie ein Räderwerk, wo jedes Teil seine Bedeutung hat. Man kann durchaus auch mal von einem komplexen Auto ein Teilchen abschrauben. Rückspiegel zum Beispiel oder ein Lämpchen. Irgendwann aber erreicht man jenen Moment, ab dem das schöne mechanische System zusammenbricht. Zum Beispiel, wenn man den Anlasser beseitigt. Und wann beseitigen wir in der Natur das entscheidende Teilchen, das alles zusammenhält?

Zwangsläufig drängt sich einem dann die Frage auf: wie kann die Menschheit so verbohrt, verblödet, verblendet und verantwortungslos sein, überhaupt Waffen zu erfinden, mit denen man diesen einzigartigen Planeten komplett verwüsten könnte? Dieses Wunder der Schöpfung. Dazu in der Lage wäre heutzutage ein einziger Querkopf, ein Irrer, ein Wahnwitziger, ein Psychopath - ein Diktator, der zum Selbstmordattentäter mutiert und seinen Größenwahn mithilfe von Atombomben auslebt. Typen dieser Art landen glücklicherweise meist in der geschlossenen Abteilung der Psychiatrie, schaffen es aber bisweilen trotzdem, in höchste politische Ämter zu gelangen. Und dann scharen sie willfährige Handlanger um sich, die ihres eigenen Vorteils wegen nicht den Mut haben (im Schwäbischen sagt man, übersetzt: „Einen Arsch in der Hose haben."), so einem Wahnsinnigen die Stirn zu bieten.

Wenn ich mir derlei Szenarien vorstelle, zweifle ich am Verstand der Menschheit. Wie kann man auf die Idee kommen, die Schöpfung zu vernichten?

Derlei Gedanken überkommen mich, wenn ich auf der Anhöhe auf einem Bänkle sitze, vielleicht auf dem Hohenstaufen, und auf die im Mittagsdunst bläulich eingefärbten Hänge der Schwäbischen Alb hinausblicke. Ein Wunder.

Um ehrlich zu sein, nicht nur die Schwäbische Alb führt uns dieses Wunder vor Augen, sondern jeder Landstrich. Ob im Urwald oder in der Wüste, ob im ewigen Eis oder tief im Meer.

Trotzdem dürfen wir aber von unserer Heimat ganz besonders schwärmen.

Man muss natürlich ehrlicherweise gestehen, dass es nicht überall so friedlich zugeht. Wenn sich auf der ganzen Welt die Menschen schwer tun, friedlich miteinander zu leben - wie soll es da in der Natur anders auf und zu gehen? Wer genau hinhört und hinsieht, kann auf Seltsames stoßen - gerade in diesen Tagen, in denen die Natur erwacht.

Mord im Morgengrauen?

Morgengrauen Mitte März. Der Rollladen im Schlafzimmer ist noch geschlossen, doch durch einzelne Lamellen dringt bereits die Helle eines jungen Tages. Es muss ungefähr sechs Uhr sein. Aber nicht das Piepsen des Weckers hat wach gemacht, sondern beunruhigende Geräusche von draußen. Wo üblicherweise zu dieser Zeit absolute Stille herrscht und allenfalls das aufregend-frühlingshafte Gezwitscher von Vögeln durchs Fenster dringt, ist etwas im Gange, das sich nicht so ohne weiteres zuordnen lässt. Mysteriös und beängstigend gleichermaßen. Tappst da jemand über den hölzernen Boden der Terrasse? Mal hin mal her. Sind es menschliche Schritte, die sich schnell entfernen, dann erneut näher kommen. Wird etwas ausspioniert? Ein Einbrecher auf der Flucht? Ein böser Eindringling?

Gerade aus dem Schlaf gerissen, schlägt das Herz schneller. Direkt vor dem Fenster wieder etwas, das sich anhört wie ein rhythmisches Stampfen, mal sanfter mal ein bisschen härter. Die Müdigkeit weicht endgültig vorsichtigem Lauschen. Und schließlich formiert sich im noch trägen Gehirn ein mögliches Bild: Da draußen tobt etwas herum. Ein Kampf um Leben und Tod? Ein seltsamer Gedanke macht sich breit: Mord am Gartenteich? Welcher Aggressor stört das Idyll?

Die minutenlange Dauer des Geschehens macht immer unruhiger. Kein Mensch kann in so einer unklaren Situation wieder einschlafen. Also rüber in ein anderes Zimmer, wo der Rollladen nicht geschlossen ist und das Fenster einen Überblick auf den ansonsten so friedlichen Garten verschafft. Kein Mensch weit und breit - aber heftiger „Seegang" auf dem Gartenteich. Eine Art Tsunami. Ganz ohne Sturm. Ein undefinierbarer Wust aus bläulich-braun-grünen Federn dreht sich wie ein Kreisel im Wasser, taucht ab und gleich wieder auf. Schnäbel verhaken sich in einem Gefieder-Wirrwarr, zupfen, reißen, zerren. Verzweifelte, im Wasser klatschende Flügelschläge. Ein länglicher Hals wird gnadenlos unter die Wasseroberfläche gedrückt. Eindeutiger Versuch, den Kontrahenten zu ertränken. Das Opfer wehrt sich zappelnd, flatternd und befreit sich für einen Moment, um dann seinerseits eine wüste heimtückische Zwick- und Rupfattacke zu starten. Eine Entendame, die ihres bräunlichen Gefieders wegen ziemlich getarnt und kaum sichtbar zwischen Steinen den

Kampf zweier hormon-gesteuerter Erpel verfolgt hat, macht sich vorsichtshalber aus dem Staub und fliegt knapp überm Zaun zu einem Nachbargrundstück hinüber.

Nun besteht kein Zweifel mehr, was der Grund des Kleinkrieges ist: Den beiden Herren geht's nicht allein um die Vorherrschaft über diese lächerlichen paar Quadratmeter Wasserfläche, sondern ums Weibchen. Dies ist längst außer Sichtweite, als die Lufthoheit ein anderer Erpel übernimmt: im Sturzflug landet er, gewiss zu allem wild entschlossen, zielgenau neben den beiden Kämpfern, die ob dieses Luftangriffs erschrecken und sich wie auf Kommando verbrüdern, um nun ihrerseits mit vereinten Kräften den Fremdling in die Flucht zu schlagen. Der Zoff eskaliert aber nur kurz. Denn als einer der Herren völlig unschuldig so tut, als ginge ihn dies alles nichts an und deshalb ziemlich ungelenk über einen Uferstein dem Wasser entsteigt, um sich erschöpft in der angrenzenden Wiese niederzulassen, da entscheiden auch die anderen, Frieden zu schließen. Als habe der „Neue" geschlichtet und die Streitenden zur Vernunft gebracht. Durch welchen Kompromiss auch immer. So watscheln sie nun einträchtig am Teichufer entlang und ruhen sich aus.

Auch das Weibchen ist wieder gelandet. Und damit kein weiterer Erpel Gebietsansprüche erhebt und neue Aggressionen auslebt, blinzelt einer der drei Männer immer mal wieder in die Umgebung, als sei er für die Flugabwehr zuständig. So schnell kann ein Krieg im Tierreich beendet sein. Und dies ganz un-

blutig. Außerdem sieht es so aus, als habe niemand Federn lassen müssen.
Der neue Tag kann beginnen.

APRIL

Pressemitteilung der Banken und Sparkassen von Baden-Württemberg
zum 1. April

Neuer Banken-Service: Geldschein-Homedrucker

Die Banken müssen sparen und dünnen ihr Filialnetz aus. Um der Kundschaft trotzdem einen bestmöglichen Service bieten zu können, starten alle Geldinstitute landesweit ein neues Angebot: ein Home-Geldscheindrucker soll das Abheben von Bargeld jetzt von daheim aus ermöglichen. Erste Geräte vom Typ „Money-Printer one" werden ab sofort an Girokonto-Inhaber kostenlos abgegeben. Noch in diesem Jahr sollen auch Home-Münzpresser geliefert werden, an denen die Göppinger Firma Schuler-Pressen derzeit noch tüftelt.

Bargeld frei Haus, ohne den Gang zu einem Automaten: der „Money Printer one" des chinesischen Herstellers „Xing-peng-cash" macht's möglich. Die baden-württembergischen Banken und Sparkassen haben sich auf ein gemeinsames System geeinigt, das nun an den Start geht. Kunden benötigen dazu nur ein Girokonto mit Homebanking-Anschluss übers Internet - und schon können Geldscheine jeder Stückelung an einem Spezialdrucker ausgedruckt werden.

Das Gerät ist kleiner als ein herkömmlicher Drucker und kommt mit den normalen Druckerfarben aus. Lediglich das Spezialpapier muss von der Bank bezogen werden, fällt aber kostenmäßig kaum ins Gewicht. Ein Paket mit tausend Blatt, das für etwa 4000 Geldscheine ausreichend ist (bei format-kleinen Fünf-Euro-Scheinen sogar für wesentlich mehr) ist bereits für 5 Euro zu erhalten.

Die Bänker sind davon überzeugt, das dieses System innerhalb kürzester Zeit viele Anwender finden wird. Zudem sei es in mehrfacher Hinsicht absolut sicher: Raubüberfälle auf Bankfilialen, die kein Bargeld mehr vorrätig haben müssten, würden auf diese Weise sinnlos. Überdies seien die Datenleitungen mehrfach verschlüsselt und die Kunden müssten sich am Drucker per Gesichtserkennung und Fingerabdruck authentifizieren. Selbst ein Überfall im eigenen Hause werde unmöglich gemacht, da der Drucker pro Tag nur eine bestimmte Menge an Geldscheinen herstelle.

Ursprünglich hätte die Auslieferung der ersten Geräte bereits zu Jahresbeginn erfolgen sollen, doch dann haben Lieferengpässe zu einer Verzögerung gesorgt. In China sei ein erster Praxistest jedoch während der Olympischen Winterspiele erfolgreich verlaufen, heißt es in einer Pressemitteilung des Herstellers. Viele Olympiateilnehmer, denen in ihren Hotelzimmern Geräte für den Ausdruck chinesischer Geldscheine zur Verfügung gestellt worden seien, hätten davon rege Gebrauch gemacht.

Für den deutschen Markt lässt „Xing-peng-cash" (Sitz: Wuhan) derzeit beim Göppinger Pressenhersteller Schuler einen Münzpress-Automaten entwickeln, der auf der Basis der bekannten 3-D-Druckertechnik sämtliche Euromünzen herstellen kann. Schuler gilt bei der Entwicklung und Herstellung von Münzgeld-Pressen bekanntermaßen als Weltmarktführer. Für das „Home-Coin-Pressing-System I" wird den Bankkunden dann ebenfalls ein kleines kostenloses Gerät zur Verfügung gestellt, das sich bequem im Bücherregal unterbringen lässt. Das Rohmaterial (Metalle verschiedener Legierungen) kann man in kleinen handlichen Portionen bei der Bank bestellen. Auch die Kosten dafür seien gering, heißt es vom Landesgiroverband: Metall für 100 Zwei-Euro-Münzen dürfte nur etwa 1 Euro kosten. Nun geht also zum 1. April zunächst der Geldscheindrucker für daheim an den Start. Wer unter den Ersten sein will, sollte sich sputen: man rechnet mit einer riesigen Nachfrage, so dass längere Lieferfristen zu befürchten sind. Geräte werden von den jeweiligen Banken übrigens auf Wunsch auch kostenlos frei Haus geliefert. Anruf genügt.

April-April - möchte man angesichts dieser (fikti-ven) Pressemitteilung rufen. Zurecht natürlich. Es war ein Aprilscherz. Als es in den Zeitungsredaktio-nen noch üblich war, die Leser in den April zu schi-cken (kommt nur noch selten vor), gab es biswiegen auch außergewöhnliche Ideen. So zum Beispiel, als wir in Geislingen an der Steige mit der nie ganz überwundenen Eitelkeit mancher älteren Menschen „spielten", dass die Stadt vor Jahr und Tag ihre Bedeutung als Sitz eines Landkreises verloren hatte - mit der Gründung des Kreises Göppingen. Um die Bedeutung des Geislinger Raumes wieder hervorzu-heben, stellten wir die Behauptung auf, es werde wenigstens ein eigenes Auto-Kennzeichen einge-führt. Nämlich „GEI" für Geislingen. Wer an diesem Tag (1. April) zu den Ersten in der Kfz-Zulassungs-stelle zähle, könne sich die weitere Buchstaben- und Zahlenkombination noch aussuchen. Unser Artikel dazu muss derart überzeugend geklungen haben, dass die Zulassungsstelle bereits am frühen Morgen, kurz nach Erscheinen der Zeitung, die ersten Anru-fe mit der Bitte um ein GEI-Kennzeichen erhielt. Ein anderes Mal verlief ein April-Scherz etwas är-gerlicher. Es muss in einem Jahr gewesen sein, als der 1. April auf ein Wochenende gefallen ist, an dem die Uhren von Winter- auf Sommerzeit vorgestellt wurden. Damals war ich noch Journalist bei der Göp-pinger Zeitung und wir kamen auf die Idee, den Le-sern vorzugaukeln, die Zeit werde bereits einen Tag früher umgestellt. Lange haben wir darüber nachge-dacht, ob ein solcher Scherz nicht auch fatale Folgen haben könnte. Aber der Zeit um eine Stunde voraus zu sein, ließ gewiss keine negativen Reaktionen befürchten. Man kam halt eine Stunde zu früh zu einem Termin. Trotzdem gab es einen bitterbösen Anruf eines Lesers. Der hatte nämlich die Zeiger einer alten, offenbar ziemlich wertvollen Standuhr einen Tag zu früh manuell, also mit den Fingern, vorgedreht - und dabei den Zeiger abgebrochen. Dass ihn dies sehr ärgerte, konnten wir nachvollziehen. Nicht einmal der Hinweis, wenn nicht heute, so wäre der Zeiger gewiss auch beim richtigen Termin, also anderntags, genau so abgebrochen, besänftigte den aufgebrachten Mann.

Vielleicht macht es also wirklich Sinn, wenn Zeitungen (und andere Medien) von Aprilscherzen absehen und ihre Glaubwürdigkeit damit nicht aufs Spiel setzen. Im Freundes-, Familien- oder Bekanntenkreis darf natürlich trotzdem „in den April" geschickt werden.

Wenn der Blaumann kommt...

Aber machen Sie bitte derlei Scherze nicht mit Handwerkern! Sind wird doch froh, wenn diese pünktlich und zeitnah in Erscheinung treten - wenn der Wasserhahn tropft, das Licht nicht brennt oder sich der elektrische Rollladen mal wieder knirschend aufwickelt und verkantet. Wer von uns „Mausklickern" kann schon behände mit den passenden

Werkzeugen zupacken? Außerdem ist es nicht unge-
fährlich, wenn man selbst an irgendwelchen Leitun-
gen herumbastelt.Trotzdem hat wahrscheinlich jeder irgendwo im Haus einen Arbeitskittel hängen, um
im Ernstfall schnell mal eingreifen zu können, ohne
sich gleich von oben bis unten zu beschmutzen.
„Blauer Anton" nennt man diese Bekleidung hierzulande. Anderswo auch als „Blaumann" bekannt. Jedenfalls fühlt sich jeder Heimwerker gleich besser
und vor allem als Fachmann, wenn er seinen „Blauen
Anton" an hat.

Es ist natürlich nicht jedermanns Sache, in der
Freizeit einen „Blauen Anton" zu tragen. Viel mehr
zieht's manche doch eher mit den ersten April-Früh-
lingsstrahlen auf dem Zweirad in die Natur hinaus.
Ebiken ist angesagt (eigentlich ja „Pedelec"
genannt). Wenn schon kein E-Auto, weil die Lade-
stationen dünn gesät sind, dann wenigstens ein Fahrrad mit Akku, den man bequem an jeder heimischen
Steckdose aufladen kann.
Was aber ein echter „Biker" ist, der schwört natürlich auf ein Benzinmotörle, auf eine „g'scheite Ma-
schee", also auf etwas, das wir Laien simpel „Motorrad" nennen. Wer jemals als Sozius-Fahrer bei einem
Biker mitgefahren ist, wird eine Fahrt über die Alb
nie mehr vergessen. Aus mehreren Gründen, wie ich
aus eigener Anschauung weiß: Erstens, weil man eng
mit Natur und Landschaft verbunden ist, weil einem
der Wind um die Nase bläst, weil man die verschie-
denen Gerüche inhalieren kann. Zweitens, weil es

tatsächlich Spaß machen kann (soll), den Adrenalin-stoß in einer scharfen Kurve zu genießen. Auch wenn man sich nicht vorstellen mag, dass die Maschine einfach mal wegrutschen könnte.

Drittens aber - und das ist der Punkt, der mir heftig im Gedächtnis hängen geblieben ist: man hockt ziemlich verkrampft da hinten drauf, umklammert mangels eines Griffes den Körper des Fahrers - und zwar so heftig, dass dieser befürchtet, man schnüre ihm Gedärm und Luft ab. Sein Hinweis vor der Fahrt, ihm einfach von hinten an den Helm zu klopfen, falls man sich unwohl fühle, entpuppt sich schnell als völlig unbrauchbar. Denn wer lässt bei Tempo 100 vor einer Kurve schon den Klammergriff los, um dem Fahrer an den Helm zu klopfen? Die verkrampfte Sitzhaltung löst schmerzende Krämpfe in den Oberschenkeln aus.

Ach ja, da gibt es noch eine zweite Biker-Fahrt, die für mich etwas seltsam geendet hat. Als Journalist war ich Soziusfahrer auf einer blitzblanken Maschine, mit der mich der Organisator einer Demo an einer dahin marschierenden Protestmenge vorbei chauffiert hat. Ohne mich vorher dahingehend einzuweisen, wo ich meine Füße aufstellen sollte. Sehr schnell fand ich aber trotzdem einen festen Halt. Eine halbe Stunde später, als wir anhielten und abstiegen, glaubte ich verwundert, auf Gummi oder in weichem Asphalt zu gehen. Zuerst dachte ich noch, das Gefühl liege wohl an der Haltung während der Fahrt. Doch beim Blick auf meine Schuhe zeigte sich das ganze Desaster: Ich war die ganze Zeit auf dem blitzblanken Auspuff gestanden - und dessen Hitze hat mir die Sohlen zerschmolzen. Für den Motorrad-Besitzer eine einzige Katastrophe: meine Schuhsohlen waren mit dem schönen teuren Auspuff eine chemische Reaktion eingegangen...

Trotz allem kann eine Bikerfahrt natürlich ein großes Erlebnis sein, keine Frage.

MAI

Vom Autoputz zur neuen Limousine

Wenn der Mai ins Land zieht, zieht's die Menschen hinaus. Vorausgesetzt natürlich, das Wetter ist frühlingshaft. Seit in den Jahren des großen Wirtschaftswunders, also ab Mitte der 50er Jahre ungefähr, die Motorisierung so langsam alle Bevölkerungsschichten erreichte, ist der Mai ein Monat des Aufbruchs. Nicht nur für Biker (da darf man ruhig auch die Ebiker, also Pedelecer dazu zählen), sondern auch für die Autofahrer. Okay, die modernen Fahrzeuge bedürfen natürlich bei weitem nicht mehr jener ausgiebigen Motorenpflege, wie jene von einstens. Man sieht nur noch selten Autos herumstehen, unter denen Männerbeine hervorlugen. Also von Fahrern, die unterm Auto liegen, um irgendetwas zu reparieren. Nein, heutzutage, kann man sich monatelang sogar den Blick in den Motorraum ersparen. So jedenfalls hat es mal ein Autoverkäufer mir gegenüber angedeutet, als ich ihn nach dem Öffnungshebel für die Motorhaube gefragt habe und er geantwortet hat: „Die werden Sie gar nicht öffnen müssen." Es reiche, wenn die Service-Termine in der Werkstatt eingehalten würden. Da hat sich also vieles geändert, seit im Frühling, zu meinen Kindheitszeiten, ein Motorrad vor dem Hause stand.

Es war immer samstags. Nicht nur im Mai. Mein Vater schrubbte und schraubte an seinem Motorrad herum, der Nachbar links von uns an seinem Fiat 500 und der rechts von uns, ein Schreinermeister, an seinem VW-Bus. Den hatte der sich aber nur seines Berufs wegen geleistet. Der mit dem putzigen Fiat war hingegen ein normaler Arbeiter und hatte offenbar eisern gespart. Ein Auto zu haben, das ließ Mitte der 50er Jahre in der Tat auf die Teilhabe am wirtschaftlichen Aufschwung schließen. Dass freilich der Herr Pfarrer bereits einen Mercedes fuhr, wo er doch sonntags gegen das Materielle von der Kanzel wetterte und das Fummeln am Auto als „Götzendienst" geißelte, hat selbst mich, den Erstklässler, ein kleines bisschen irritiert.

Aber nach und nach hat das Wirtschaftswunder nahezu alle Bevölkerungsschichten ergriffen. Aus unserem Motorrad wurde ein grasgrünes Goggomobil, unser ganzer Stolz. Man saß fortan nicht mehr bei Wind und Wetter ungeschützt auf der NSU, sondern hatte vier Räder und ein Dach. Arg viel mehr allerdings nicht. Dünnes Blech, rustikale Hebel und Schalter. Vorne, wo bei größeren Fahrzeugen Motor oder Kofferraum waren, reckten Fahrer und Beifahrer ihre Beine in einen kleinen Hohlraum hinein. Hinten konnte sich gerade mal eine etwas schmächtigere Person quer auf eine Art Notsitz quetschen. Das war meist meine Mutter.

Mit zunehmendem Wohlstand nahmen dann die Autos größere Formen an, die Ausstattung wurde üppiger, auch wenn unser stahlblauer NSU-Prinz, von vielen ob seiner Form verächtlich auch „Badewanne" genannt, noch galaktisch weit von heutigem Luxus entfernt war.

Wer hätte jemals gedacht, dass es mal so etwas wie Sitz- oder Lenkradheizung geben würde, elektrische Fensterheber, Abstandswarner, Videokameras, Tempomaten oder gar ein rauschfreies Radio und ein Navigationsgerät an Bord?

An kaum einem anderen Gegenstand lässt sich der Wandel von Technologie und Design so genau ablesen, wie am Auto. Formen und Farben, die vor 30 Jahren als schick galten, lösen heute Kopfschütteln aus. Die exorbitante Preissteigerung aber auch. Was muss ich für ein Einfaltspinsel gewesen sein, als ich im Alter von 15 Jahren darüber grübelte, wie lange ich wohl noch für einen Mercedes sparen müsste, der damals so um die 18 000 Mark gekostet hatte! Zum Vergleich: das wären heute lächerliche 9000 Euro - und dies für eine Luxuslimousine. Ziemlich schnell hatte ich jedoch erkannt, dass die Preise davonliefen und weder mein erstes Lehrlingsgehalt noch die künftigen Gehälter richtig Schritt halten würden. Und doch blättert man heutzutage schon für einen spärlich ausgestatteten Mittelklassewagen locker mal 25 000 Euro hin. Wobei übrigens viele höher klassigere Wagen meist geleast oder dienstlich genutzt sind - also eine bisweilen steuerfreie Gehaltszugabe für die Chefetage.

Ein Auto zu kaufen, ist ein komplizierter und geradezu sakraler Vorgang geworden, der mancherorts richtiggehend zelebriert wird. Einfach hingehen und sagen, „hey ich will ein Auto" - so und so viel PS, diese oder jene Farbe, das geht nicht wirklich. Okay, es gibt tatsächlich noch Marken, die nahezu eine komplette Vollausstattung im Gesamtpreis anbieten und den Vorgang damit abkürzen. Doch die ganz Großen, die sich mit besonderem Luxusglanz brüsten, sind da doch differenzierter aufgestellt. Was natürlich auch den Argwohn erweckt. Da werden in Hochglanzbroschüren oder - neuerdings wohl eher - auf Homepages die Limousinen mit einem Preis angeboten, der gar nicht mal so überzogen erscheint. Doch bei näherem Betrachten kommt das böse Erwachen: Es handelt sich nur um die „Rohversion", also ohne Schnickschnack. Wer nur mal mit einer großen Limousine glänzen - sprich: angeben - will, der ist damit gut versorgt. Denn welchem Auto sieht man schon an, was so alles drinsteckt? Allerdings sollte ein bisschen Komfort und Sicherheitsausstattung schon sein. Totwinkelassistent, Rückfahrkamera, automatisches LED-Auf- und Abblendlicht, Tempo-

mat, Sitz- und Lenkradheizung, Navigation und Frei-
sprecheinrichtung. Der Verkäufer hakt gefühlte
dreihundert Punkte einer Checkliste gelassen ab, das
„Interieur" und das „Exterieur", also das Äußere und
das Innere, labert etwas von „Paketen", die etwas
Sensationelles beinhalten, das mit blumigen Fachbe-
griffen, vorzugsweise in Englisch, bezeichnet wird.
Spätestens jetzt wird deutlich, dass man das Auto
nie und nimmer im Internet über den „Konfigurator"
zusammenstellen könnte - was jedoch das Verkaufs-
gespräch vereinfachen würde, weil man bereits mit
der ausgedruckten Auflistung seiner Wünsche auf-
kreuzen könnte. Oder somit dem Verkäufer gleich
gar nicht die wertvolle Zeit stiehlt, weil man dann
nämlich rasch feststellt, dass das mit ihm zusammen konfigurierte Fahrzeug ohnehin das Budget weit
übersteigen würde. Man könnte jedenfalls gleich zu
den Preisverhandlungen übergehen, wo aus unerklärlichen Gründen noch ein paar Prozente abgezogen
werden und - natürlich - auch der Markenwechsel
(sofern man auf ein anderes Fabrikat umsteigen will)
zugunsten des Kunden zu Buche schlägt. Vermutlich
entscheidet auch die gewünschte Zusatzausstattung
über den letztendlichen Preis. Es darf durchaus
vermutet werden, dass sich die Vielzahl von Sonder-
wünsche am Ende günstig auf einen möglichen Rabatt
auswirkt. Wie sonst ist zu erklären, dass der Verkäufer nach dem Abhaken aller Ausstattungsmerk-
mal („getönte Scheiben", „Ambientelicht im Fuß-
raum") lange rechnet, den Computer füttert, mal
hinter den Kulissen verschwindet, dann den wider-

spenstigen Drucker massakriert und letztlich stolz mehrere Seiten vorlegt. Am Ende der rund einstündigen Prozedur genügt eigentlich nur ein Blick auf das Resultat. Das schätzungsweise annähernd 20 000 Euro über dem Preis fürs „nackte Fahrzeug" liegt. Ich verkneife mir dann die provokante Frage, ob denn das Lenkrad und die vier Räder inkludiert seien. Man weiß ja nie. Nachher steht bei der Fahrzeugübergabe die Luxuslimousine aufgebockt ohne Räder da - und der Verkäufer gibt sich unschuldig: „Die haben Sie nicht mitbestellt."

Natürlich soll es bisweilen auch Leasing-Günstigangebote geben, um die (überteuerten) Limousinen erst mal „in den Markt zu bringen". Insbesondere, um jung dynamische Angeber ein bisschen „anzufüttern", gibt es offenbar Lockvogelraten. Geeignet auch für Angehörige, die ihrem Nachwuchs etwas Schönes gönnen wollen. Dann kommt das Auto nach drei Jahren wieder als Gebrauchter zurück - und wird für jenen Kundenkreis interessant, der nicht so viel Geld für ein Auto ausgeben möchte. Leasingrückläufer sind beliebt. Das Autohaus lässt sich vom bisherigen Nutzer jeden Kratzer und jede Beule bezahlen - und verkauft den Wagen weiter. Gut, wenn die Gebrauchtwagenpreise gestiegen sind. Dann lässt sich so ein Auto gewinnbringend vermarkten. Selbst kann man diesen Vorteil kaum nutzen, denn das Autohaus rückt bis zum Rückgabetermin die Höhe des Restwertes nicht raus. Dann kann man nur pokern: das Auto zum Restwert übernehmen und versuchen, es teurer privat zu verkaufen.

Meine Erfahrung, vor der mich viele Leasingkunden schon gewarnt haben: Falls die im Leasingvertrag angegebenen Kilometer weit unterschritten werden - das Autohaus also eine Rückzahlung leisten müsste -, dann wird mit der Lupe nach Schäden gesucht, um den Kunden mit einer saftigen Rechnung dafür zur Kasse bitten zu können. Sozusagen, um die Vergütung der nichtgefahrenen Kilometer zu minimieren. Zwar werden „übliche Gebrauchsspuren" akzeptiert, auch der eine oder andere kleine Kratzer, bisweilen auch eine Beule - aber wehe, die im Leasingvertrag vereinbarten Kilometer wurden unterschritten. Glauben Sie mir: da kommen dann ganz gestrenge Herrschaften des von der Leasingbank beauftragten TÜVs um die Ecke und rechnen Ihnen die Gutschrift klein - oder sogar runter bis ins Minus.

Da wird dann die Rückgabe einer drei Jahre lang gehegten und gepflegten Limousine nicht gerade zu einer Sternstunde. Kein Witz: Um ja nichts falsch zu machen, hatte ich nach einem Steinschlag, der gleich nach Übernahme des Fahrzeugs damals auf der rechten Seite der Windschutzscheibe entstanden war, just jenen Betrieb mit der Reparatur beauftragt, bei dem ich den Wagen geleast hatte. Ich wollte den Schaden nicht in irgendeiner Hinterhofwerkstatt flicken lassen - zumal meine Versicherung ja ohnehin auch die Kosten für eine Premium-Reparatur übernommen hätte. Dass man mir in der Vertragswerkstatt des Herstellers dann erklärte, man könne die Scheibe problemlos wieder herrichten, ohne eine neue einzusetzen, hörte sich erfreulich an, war mir aber eigentlich egal. Würden die schon wissen, was zu tun und TÜV-mäßig erlaubt sei. Als mein Wagen nämlich nach drei Jahren und somit kurz vor der Leasingsrückgabe erstmalig zum TÜV musste, war auch alles okay. Das Auto bekam für weitere zwei Jahre den Prüfstempel.

Dann freilich gingen die von der Leasingbank beauftragten (anderen) TÜV-Sachverständigen ans Werk und konstatierten messerscharf, dass die Windschutzscheibe nicht fachgerecht repariert worden sei. Was ihren Kollegen bei der ersten Untersuchung rätselhafter Weise entgangen war. Folge: ich müsse die Scheibe nun auf meine Kosten komplett austauschen lassen. Der Verkäufer, bei dem ich leider bereits den nächsten Wagen geleast hatte, den ich wenige Tage später bekommen sollte, schlug mir telefonisch kurz und bündig und ziemlich dreist vor, ich solle doch den Schaden meiner Versicherung melden. Um mir diese Prozedur zu erleichtern, nannte er sogleich auch einen Tag samt Uhrzeit, an dem an einem fiktiv vor mir gefahrenen Lkw auf der Bundesstraße 10 ein Stein aufgewirbelt worden sei. Ich war ziemlich konsterniert, ob dieses plumpen Versuchs, mich zu einem Versicherungsbetrug zu nötigen. Doch er blieb dabei: die 1500 Euro für die neue Scheibe würde meine Versicherung doch anstandslos bezahlen. Nein, wurde ich deutlich. Ich mache das nicht. Denn erstens hat die Werkstatt des Autohauses den ursprünglichen Schaden selbst behoben und zweitens der offizielle TÜV gar nichts beanstandet.

Dieses war der erste Streich, doch der zweite folgte sogleich. Der Verkäufer legte mit einem Joker nach: Vorne rechts sei am Übergang des Kotflügels zur Seitenfläche das Spaltmaß verschoben. So um die 0,5 Millimeter. Da müsse ich irgendwo dagegen gefahren sein. Mache um die 500 Euro, weil man nie wisse, ob nicht auch „unten" etwas verschoben sei. Mein Argument, wenn dies so wäre, dann hätte ich bei dem dünnen Blech doch einen veritablen Blechschaden haben müssen, prallte an tauben Ohren ab.

 Dass ich von Anfang an schon oberhalb des Armaturenbretts eine geringfügige Verschiebung der unteren Windschutzscheiben-Umrahmung festgestellt hätte, was wohl auf eine Unregelmäßigkeit bei der Produktion zurückzuführen sein könnte, wurde als völlig abwegig verworfen. Inzwischen weiß ich, dass dies durchaus sein kann.

Vorschlag vonseiten des Autohauses: ich solle auf meine Kosten einen weiteren Gutachter hinzuziehen. Es klang wie eine Drohung, gegebenenfalls noch mehr Geld zu verlieren. Nach einigem Hin und Her und bösen Worten und meiner dezenten Andeutung, die Sache mit der Windschutzscheibe der Versicherung anhängen zu sollen, könnte vielleicht auch eine juristische Dimension haben, fruchtete - und just am Tag, als ich den Neuwagen in Sindelfingen abholte, einigten wir uns zähneknirschend (oder zähnefletschend) darauf, dass ich ein paar hundert Euro bezahle. Nachdem ich dem Geschäftsführer des Autohauses den Fall geschildert hatte, zeigte der sich einigermaßen freundlich und schickte mir - eine Tafel Schokolade.

Versüßt hat er mir den Ärger freilich dennoch nicht. Jetzt, da drei Jahre vorbei sind und ich der neuerlichen Leasingrückgabe harre, erspare ich mir die Zelebration eines gewiss sehr vornehmen Konfigurationsgesprächs für einen Premiumwagen - und bin erstaunt, dass es auch einfacher geht. Wo ich nicht fragen muss, ob das Lenkrad inkludiert ist....

Der Ärger hatte die „Sternstunde", die die Abholung des Neuwagens hätte sein sollen, jedenfalls doch ziemlich getrübt. Was ich damit sagen will: Leasing hat nicht nur seine Vorteile...

Die Mär vom SUV und Stadtpanzer

Mit dem Abstand einiger Jahre löst sich der Groll auf. Es gibt ja noch andere gute Automarken. Und außerdem macht es auch Spaß, hin und wieder ein anderes Fabrikat zu fahren. Um dann festzustellen, dass möglicherweise bei den großen Luxus-Limousinen insbesondere das glänzende Fabrikationszeichen den preislichen Unterschied erklärt.

Wichtig ist doch nur, dass man mobil ist und sich im Fahrzeug sicher fühlt. Naja, ein bisschen Komfort muss schon sein. Und je älter man wird, desto mehr schätzt man einen „hohen Einstieg". Manche mögen auch SUV dazu sagen und behaupten, jedes etwas höhere Auto sei schon ein Geländewagen. Außerdem

sagt die Höhe der Sitze nicht wirklich etwas über den Spritverbrauch aus. Dies sei all jenen gesagt, die verächtlich (oder voller Neid) von einem „Stadtpanzer" sprechen, der viel zu viel Benzin (oder Diesel) schluckt. Wer so denkt, der sollte mal den Verbrauch eines sauberen SUV-Diesels mit den Werten eines kleinen Superbenzin-Schluckers vergleichen. Die meisten sogenannten SUV-Fahrer sind keine Angeber und Möchtegern-Querfeldein-Fahrer. Sie wollen einfach nur bequem aus- und einsteigen können. Im Übrigen taugen die meisten Mittelklasse-SUV ohnehin kaum fürs Gelände: die Bodenfreiheit ist zu gering und oftmals fehlt auch der Vierrad-Antrieb. Aber sind wir doch mal ehrlich: wo in unseren zivilisierten Gegenden braucht man schon einen Geländewagen? Feld- und Waldwege sind gesperrt, über Wiesen darf man auch nicht fahren. Nur wer Land- oder Forstwirt ist, wird diese echte SUV-Technik ernsthaft brauchen - oder man wohnt an Steilhängen, die im Winter nicht gleich beim ersten Schneeflöckchen geräumt werden.
Jedenfalls schätzen ältere Semester ihren SUV allein wegen des Komforts.

Wenn allzu viele Autos unterwegs sind - insbesondere, wenn sehr unterschiedliche Geschwindigkeiten gefahren werden -, dann kommt es zu „Klumpenbildung" auf den Straßen. Eine winzige Störung - vielleicht ein völlig harmloser Streifenwagen am Fahrbahnrand, der bei manchem Fahrer einen Adrenalinstoß und reflexartigen Tritt auf die Bremse auslöst

- kann zu einem Stau führen. Zu einem Stau aus dem Nichts, wie man zu sagen pflegt. Irgendjemand hat einmal wissenschaftlich untersucht, wie so etwas entsteht: wenn hohes Tempo bei starkem Verkehr plötzlich ausgebremst wird. Weil beispielsweise ein langsameres Fahrzeug unerwartet ausschert, um zu überholen. Die Folge ist eine abrupte Bremswelle, die sich verheerend nach hinten auswirkt und einen Kilometer langen Stau auslöst. Deshalb wäre es in der Tat sinnvoll, würde nicht der extrem langsame Schwerverkehr mit den 200-km/h-Rasern vermischt. Ein gleichmäßiges Dahinfluten mit etwa 130 km/h würde den Unterschied zu den langsamen Lkw und den Wohnwagen-Gespannen nicht so krass erscheinen lassen. Die US-Amerikaner machen's uns ja seit Langem vor: Auf den High- und Freeways rollt der Verkehr auf diese Weise auch recht sicher übers Land. Ich erinnere mich gerne an eine Autobahn-Fahrt um Miami herum, als ich nächtens abrupt über sechs Fahrspuren zu einer Ausfahrt wechseln musste. Was trotz relativ starkem Verkehr problemlos funktionierte. Hierzulande würde man dabei Kopf und Kragen riskieren, weil hinter einem jeder Kamikaze-Fahrer jedes Schlupfloch nutzen würde. Links rum, rechts rum - Hauptsache, vorbei. Wenn's ginge, auch noch oben drüber.

Die Frage ist natürlich, ob man wirklich alles reglementieren muss und ob es nicht sinnvoller wäre, bestehende Tempo-Limits auf Autobahnen oder Bundesstraßen strenger zu kontrollieren. Ich kenne eine Strecke, da ist kilometerweit wegen „Luftreinhaltung" auf 70 km/h begrenzt. Eine Kontrollstelle habe ich bisher nie gesehen. Und wenn ich mit 75 km/h fahre, bin ich ein Hindernis.

In einem Stau, egal aus welchem Grund, ist natürlich Geduld angesagt. Geduld, die nicht jeder hat. Man würde am liebsten querfeldein von der Autobahn abhauen. Aber selbst die empfohlene „Ausleitung" bringt erfahrungsgemäß nicht den erhofften Zeitgewinn. Nebenstraßen verstopfen, Ampeln spielen störrisch ihr übliches Programm runter - unabhängig davon, dass der Autobahn-Verkehr auf sie zurollt. Ich bleibe am liebsten auf der Autobahn stehen. Das ist bequem, spart Nerven und man riskiert keine Strafzettel oder gar Unfälle auf irgendwelchen drittklassigen Überland-Straßen und bei übereifrigen Blitzer-Behörden innerhalb von Ortschaften.

Ungeduldig

Aber auch ich bin ungeduldig. Manchmal könnte ich vor Wut und Zorn platzen. Nicht, dass Sie jetzt denken, ich sei einer dieser Wüteriche oder gar „Wutbürger" - nein, was mir die Zornesröte ins Gesicht jagt, sind Schlangen. Nicht die am Boden schlängelnden, nicht mal diese auf der Autobahn, sondern jene, die sich vor Kassen oder sogenannten Schaltern jeglicher Art bilden. Im Supermarkt, am

Ticketschalter, in der Bank (sofern der Service-Point überhaupt noch besetzt ist), beim Bäcker oder Metzger, aber auch beim Check-in am Flughafen. Und vor den stabilen, schallgedämmten Türen irgendwelcher Behörden. Ich hoffe inständig, dass ich mein wildes Ego immer unter Kontrolle halten kann. Es reicht mir schon, wenn ich telefonisch nur „für einen kurzen Moment" warten soll und eine Automatenstimme freudig erregt so tut, als könne man sich nichts Schöneres vorstellen, als von mir angerufen zu werden. Bevor die Musik anfängt zu trällern, lege ich meist auf, obwohl ich gerade gemütlich sitze und nicht in einer Schlange stehen muss. Aber irgendwo und irgendwann lässt es sich nicht vermeiden. In der Schlange zu stehen. Wie bestellt und nicht abgeholt. Hilflos, erniedrigt, kurzum: wie ein Depp. In Corona-Zeiten hat man sich ja daran gewöhnt.

Wenn es wenigstens ein paar Zentimeter voran ginge und eine winzige Bewegung erkennbar wäre, könnte man es zumindest Zähne knirschend ertragen. Selbst wenn der Landgewinn pro Viertelstunde nur ein Meter ist, hat das ein bisschen etwas Beruhigendes an sich. Aber wenn gar nichts geht. Wenn die Schlange, die gefühlt einen Kilometer lang ist, wie angewurzelt oder festbetoniert rumsteht - dann wächst der Zorn pro Sekunde im Quadrat. Was sehr viel ist. Exponentiell sagt man neuerdings. Haben uns in Corona-Zeiten die Virenexperten zur Genüge erläutert.

Aber wer, zum Teufel nochmal, braucht da vorne in einer Schlange so lange? Hält da jemand mit der Person am Schalter, im Kassenhäuschen oder in der Amtsstube ein Pläuschchen? Was kann da so kompliziert sein, dass die Schlange nicht voran kommt? Überall klemmt's und staut's. Am Check-in im Flughafen gibt es immer und überall jemand, der irgendetwas nicht vorweisen kann, der eine Spezialfrage oder einen Sonderwunsch hat. Übergepäck, kein passendes Dokument, kein Visum oder was weiß ich! Und dies völlig ungeachtet dessen, dass hinten hunderte Menschen warten. Völlig egal.

Dass im Supermarkt nur eine von zehn Kassen besetzt ist, weiß man ja aus Erfahrung. Ginge eigentlich alles schnell. Die Ware aus dem Einkaufswagen wird eingescannt - am Display den Betrag ablesen und die Karte rein. Alles flutscht. Würde flutschen. Doch wie war jetzt nochmal die PIN? Ein- zweimal probiert. Geht nicht. Also bar. Geldbeutel raus. Alles wäre so einfach, würde der Kassiererin ein Geldschein gereicht, auf den sie flugs mit wenigen Griffen das Wechselgeld herausgeben könnte. Der Computer zeigt blitzschnell wieviel. Doch die Person mit dem vollen Einkaufswagen fingert ungelenk im Geldbeutel herum, nimmt einzelne Münzen in die Finger, guckt genau, ob es ein Zehn-Cent- oder ein Fünfzig-Cent-Stück ist, zählt eins nach dem anderen auf den Tisch und fördert sogar noch ein paar rostrote Ein-Cent-Stücke heraus. Alles schön gemächlich. Und jetzt nur keine Hektik beim Weiterschieben des

Einkaufswagens und beim Umladen in eine mitge-
brachte Tasche.

Die Menschenschlange atmet auf. Wieder einen Meter Landgewinn. Und nicht mal die ansonsten so for-
sche Marktleitung hat bemerkt, was sich da anstaut
und zusammenbraut. Jeder Autobahn-Stau wird
schneller im Radio gemeldet, als der Kassen-Stau
dem Supermarkt-Chef. Sonst wäre längst der Laut-
sprecher-Ruf erschallt, dass nun auch Kasse 2 ge-
öffnet werde. Aber wehe, das geschieht wirklich.
Möglich, dass dieser Hinweis aus Sorge vor einer
Panik unterbleibt. Denn kaum ist die Ansage auf eine
zweite Kasse ertönt, entfaltet sich ein Gerenne, als
sei soeben die Drohung verlautbart worden, in wenigen Sekunden würde die Käsetheke explodieren. Einkaufswagen krachen gegeneinander, Fersen werden
massakriert. An Kasse 2 bildet sich ein verstopfter
Trichter, wie auf der Autobahn, wenn sie sich auf
eine Spur verengt und kein Mensch weiß, wie das
Reißverschlussverfahren funktioniert.

In Schlangen, in denen die Wartenden nicht mit einem Einkaufswagen bewaffnet sind und zwangsweise
auf Distanz gehalten werden, spürt man den heißen
Atem derer im Nacken, die vor Aufregung und Zorn
innerlich kochen. Wäre ihre Hirnschale der Deckel
eines Schnellkochtopfes, würde längst das Ventil
pfeifen und signalisieren, dass der Druck am letzten
Ring sei - also kurz vor der Explosion. Hat man sich
gefühlte Stunden später in die Nähe der Kasse oder
des Schalters vorgequält und die dort gemächlich
hantierende Person nun im Blickfeld, erreicht die

Anspannung einen gefährlichen Siedepunkt. Wasser erreicht diesen je nach Höhenlage bei etwa 100 Grad. Schweiß könnte schon bei weitaus niedrigen Werten in Kombination mit heißem Atem ein explosives Gemisch werden. Man kneift die Augen zusammen und glaubt, die Person hinterm Schalter nur in Zeitlupe arbeiten zu sehen. Oder ist es die Vision einer Wiederholung von einer besonders aufregenden Tätigkeit - so wie bei einem Fußballspiel im Fernsehen die spannenden Momente nochmal langsam mehrfach wiederholt werden. Die Dame in der Amtsstube da vorne, die mit wichtigem Gesichtsausdruck und stoischer Gelassenheit Papiere prüft, mit zwei bürofeinen Fingern seelenruhig Buchstaben suchend eine Computertastatur streichelt, aber angesichts der zentimeterlangen Fingernägel nur durchs Zufallsprinzip die richtige Taste trifft, scheint sich ihrer Bedeutung bewusst zu sein. Ohne die Menschenschlange auch nur eines Blickes zu würdigen, geht sie ihrer gewiss höchst verantwortungsvollen Arbeit nach: Dokumente stempeln, lochen, vielleicht noch einen Lochverstärkungsring drübergestülpt, ablegen, abzeichnen.

Die Bürohochhäuser mit ihren gläsernen Fassaden sind vermutlich voll von Damen und Herren, die sich wolllüstig durch die Papiere wühlen, als sei es ein köstliches Fünf-Gänge-Menü. Der Papierhunger scheint ungebrochen. Dabei hatten sie doch alle beim Erscheinen der ersten Computer befürchtet, das Büro würde nun papierlos. Der Papierindustrie schien der Weltuntergang zu drohen. Welch entsetzlicher Gedanke muss dies damals gewesen sein. Aber dank der Drucker, die allerdings meist dann nicht drucken, wenn sie schnell mal drucken sollten, war die Angst vor dem papierlosen Büro unbegründet. Inzwischen hat sich der Drucker nach Stempel und Computermaus zum wichtigsten Utensil gemausert - und ist in der Lage, den Geschäftsbetrieb lahmzulegen.

Denn die Schlange der Wartenden kann noch so lang sein, dann umgibt sich der Drucker um so hartnäckiger mit „Error". Papierstau, kein Papier, kein Toner. Die Langfingernägel-Dame müht sich mit Abdeckungen und Schubladen ab, zerlegt die Innereien des Geräts und umfasst sie so vorsichtig, als müsse sie beim Sezieren eines obduzierten Leichnams helfen. Endlich kann sie die Schuld für die lange Wartezeit mit dem Hinweis auf ein defektes Gerät von sich wälzen. Ohnehin gilt es bei Personaleinstellungen für Amts- und Verwaltungsstuben als unabdingbare Voraussetzung, wenigstens eine Formulierung fehlerfrei aufsagen zu können: „Tut uns leid, der Computer funktioniert nicht."

Dass es mit der Digitalisierung ohnehin nicht weit her ist, weiß man seit Corona: bei den Gesundheitsämtern ist man noch im Fax-Zeitalter hängen geblieben. Beruhigend zu wissen, dass man schon über Telefone verfügt (möglicherweise noch mit Wählscheibe). Allerdings soll es schon vorgekommen sein, dass sich manche Bediensteten kein Dokument zu faxen trauen, weil sie befürchten, ihr Original würde durch die Leitung gequetscht und käme dabei abhanden. Endlich lässt sich auch erklären, warum Corona-Daten an manchen Tagen nicht übermittelt werden konnten. Grund: die Bediensteten der Gesundheitsämter haben die handschriftlich ausgefüllten Formulare verkehrt herum auf das Gerät gelegt und somit nur leere Seiten an das Robert-Koch-Institut oder an Herrn Karl Lauterbach gefaxt.

Zum Trost der geschmähten Mitarbeiter des Gesundheitsamts muss erwähnt werden, dass sie nicht die Einzigen sind, die dem analogen Bürokratismus bis heute huldigen. Wer jemals ein Fahrzeug an- und abgemeldet hat, wer dort, wo keine Termine digital buchbar sind, untertänigst in der Schlange stand, wird wissen, was gemeint ist: die Zulassungsstelle. Zentrum des Stempelns, Abtippens, Ausdruckens. Man glaubt den Geist des verehrten Heiligen Sankt Bürokratius auf Schritt und Tritt zu spüren. Fürs Bezahlen der Verwaltungsgebühr steht erstaunlicherweise ein Automat in der Ecke. Der aber gleicht mancherorts jenen Gerätschaften, die zur Abzocke an Parkplätzen dienen. Weil dies bei Autofahrern, die reflexartig ein Parkticket ziehen wollen, zu Irritationen führt, wurde bisweilen ein Hinweis angebracht: „Kein Parkscheinautomat."

Ein Gedanke aber beschleicht jeden, der dem Treiben hinter dem Amtsstuben-Tresen interessiert zuschaut: Hätten Gottlieb Daimler und Carl Benz schon gewusst, wie man das An-, Ab- und Ummelden eines Fahrzeugs verbürokratisieren kann, hätten die beiden das Auto niemals erfunden. Sie hätten es nicht verantworten können, nachfolgenden Generationen derart komplexe Vorgänge zuzumuten.

JUNI

Die hellsten Tage des Jahres! Am 21. Juni erreicht die Sonne auf der Nordhalbkugel unseres Planeten um die Mittagszeit ihren höchsten Stand. Die Schatten sind dann am kürzesten, der hellichte Tag ist am längsten. Jetzt ist auch die Natur lebendig. Es summt, brummt und flirrt - auch wenn aufgrund von Umweltgiften die Anzahl der Insekten dramatisch rückläufig ist. Immerhin gelten allein in Deutschland ein Viertel der 33 000 Insektenarten als vom Aussterben bedroht. Die Folge: bereits ein Viertel der Nachtfalter ist verschwunden, womit vielen Vögeln und Fledermäusen die Nahrungsgrundlage entzogen wird. Am auffälligsten ist das Verschwinden der Insekten bei nächtlichen Autofahrten. Vor Jahren noch waren bereits nach wenigen Kilometern Windschutzscheibe und Scheinwerfer übersäht mit „Insektenleichen" - heute ist dies eher die Seltenheit. Okay, zwar haben die Fahrzeuge gewiss auch zur Dezimierung beigetragen, aber weitaus mehr Schuld daran tragen die Umweltgifte (Pflanzenschutzmittel). Der Verlust dieser biologischen Vielfalt ist genau so existenzbedrohend für die Menschheit, wie die Klimakrise.

Wer jetzt im Morgengrauen in die Kühle des aufzie-
henden Tages geht, kann das Wunder der Schöpfung
auf vielfältige Weise spüren, sehen und fühlen.

Sommermorgen im Ried

Ein halbes Jahr ist es jetzt her, dass die dunkelsten
Tage das Land eingehüllt hatten. Man mag gar nicht
so recht zurückdenken und sich vorstellen, wie
schnell und zuverlässig die Natur alles ändert.
Der flackernde Schein einer Kerze symbolisiert an
Weihnachten mit warmen Farbtönen, mit Gelb,
Orange und ein wenig Rot, den Sonnenaufgang an
einem Sommermorgen. Jetzt ist wieder die helle
Zeit, in der diese Strahlen frühmorgens übers Land
streichen. Frühmorgens, kurz nach fünf, wenn die
Natur erwacht, die Vögel zwitschern und draußen im
Ried die Graugänse und Blässhühner kreischen. Einen
harten Winter lang hat sich diese Lebendigkeit von
Pflanzen und Tieren in Wurzeln, Knollen und Erdlö-
chern versteckt. Eis und Schnee überdauernd. Auf
geheimnisvolle Weise schützen sich selbst filigrane
Lebewesen und zarte Pflänzchen vor der gnadenlosen Macht der Natur. Doch sie haben die dunkle
Zeit überstanden. Auch wenn wir winterlicher Stille
gefragt haben: Ist da jemand?
Warme Farbtöne werden an traumhaften Sommermorgen die Schatten der Nacht aufsaugen. Und alle
gespenstischen Nebelschwaden verschlingen. Dann

kehrt die Lebendigkeit zurück, die in dunkler Winterszeit spurlos verschwunden erschien. Man mag dann spüren, dass ein Wunder geschehen ist. Als wolle alles, jede Pflanze und jedes Tier, den Menschen vor Augen führen, dass es sich auch in schlimmen Zeiten durchzuhalten lohnt. Und wer im Morgengrauen das Ried auf sich wirken lässt, die geheimnisvollen Stimmen der Natur, den Flügelschlag der Wasservögel, die sanften Wellen eines Teichs, glaubt sich von etwas Unbestimmtem umgeben. Ist da jemand?

Ich bin noch bei Dunkelheit aus den Federn gekrochen, um lange vor Sonnenaufgang im Donauried zu sein, östlich von Ulm, wo man so tief in diese weite Einsamkeit eintauchen kann, dass man auch tagsüber von manchen Stellen aus keinen Ort und keinen Kirchturm sieht. Und wo bis Ende 2021 die hoch aufsteigende Dampfwolke eines von ursprünglich zwei Kühltürmen des Kernkraftwerks Gundremmingen sichtbares Symbol einer Technik war, die das Potenzial gehabt hätte, das paradiesische Ried für immer zu vernichten.

Es ist erhalten geblieben, dieses Paradies. Auch dem Schutzgebiet der Landeswasserversorgung sei Dank, dass dieser weite Landstrich dem gewerblichen Zugriff entzogen ist.

Hier draußen zählt nicht die Gier des Menschen, sondern die Natur, die sich an alten Baggerseen ausbreiten durfte. Wer würde hier schon ahnen, dass der touristische Radwanderweg entlang der Donau nicht weit ist - und sich am Rande des Rieds auch die Verkehrswege A 8 und A 7 kreuzen?

Dies hier scheint eine andere Welt zu sein. Der heraufziehende Sommermorgen füllt allmählich die bläuliche-orangene Pastellfarben in das schwarzgraue Panorama. Alles, was lichtscheu und nachtaktiv ist, zieht sich zurück. Minütlich schimmert der Osthimmel heller, als ich über einen schmalen Weg den angeblich so sicheren Schoß der Zivilisation hinter mir lasse und in diese wilde Ebene hinaus radele. Letzte feine Nebelschwaden umwabern Gebüsch und verkrüppelte Bäume, als wollten diese Gespenster der Nacht sie nicht loslassen. Noch ist es kalt. Sehr kalt.

Im Vorbeiradeln an Stauden und Gehölz überkommt mich das diffuse Gefühl, gar nicht so allein zu sein, wie ich gemeint hatte. Graue Silhouetten von Personen huschen durch meine Augenwinkel. Als wolle sich jemand verstecken. Ja, da ist jemand.

Es sind Angler, die zu dieser frühen Zeit bereits auf einen Fang hoffen. Irgendein Fischlein wird heute noch in der Pfanne landen. Das ewige grausame Spiel der Natur. Ob hier im Ried oder in afrikanischer Savanne. Es geht nur ums Überleben. Jeder frisst jeden. Der Mensch hat dieses System verfeinert, weshalb geduldiges Angeln nur ein Hobby ist. Die Tiere hier draußen kämpfen hingegen laut kreischend und schnatternd um jeden Leckerbissen. Mag das alles noch so idyllisch sein - die Natur zeigt auf grausame Weise: hier ist jeder sich selbst der Nächste.

Ich bin auf einen dieser hölzernen Aussichtstürme geklettert, um von oben aus den Horizont besser überblicken zu können und der aufsteigenden Sonne ein paar Sekunden voraus zu sein. Goldgelb streifen ihre flachen Strahlen die Bäume, das Schilf und einige verdorrte Stängel des letzten Sommers. Beim ostwärts gerichteten Blick blendet das Gegenlicht und wirft harte kontrastreiche lange Schatten. Als sei ein gelb-brauner Scheinwerfer angeschaltet worden, um die Bühne des Lebens idyllisch in Szene zu setzen. Feine Schleierwölkchen zieren das Kunstwerk. Sanfte Wellen rollen auf der bläulich schimmernden Wasserfläche eines kleinen Sees zu den schilfbewachsenen Ufern.

Mit dem helllichten Tag ist auf wundersame Weise die Emsigkeit zurückgekehrt, die eine Nacht lang in Schlaf versunken war. So vielfältig, laut und geradezu temperamentvoll. Der harte Winter ist seit Wochen überstanden, als habe es ihn nie gegeben.

Wer das faszinierende Spiel auf dem Schauplatz dieses improvisierten Naturtheaters verfolgt und sich beim Höhersteigen der Sonne selbst vergisst, wird allein schon an diesem kleinen Stückchen Ried wahrnehmen, wie auf wundersame Weise einem eiskalten Winter ein neuer lebendiger Sommer folgen kann. Oder wie eine finstre Nacht einem hoffnungsvollen sonnigen Morgen weicht.

Tief in Gedanken versunken, beschleicht mich wieder das Gefühl, nicht allein zu sein. Im Kreischen der Graugänse hätte ich nicht bemerkt, wenn hinter mir jemand auf den Aussichtsturm gestiegen wäre.

Instinktiv drehe ich mich um. Kein Mensch weit und breit. Nur ein Flattern, Kreischen, Gurren, Quaken, Zwitschern und Schnattern. Und ein kurzes Platschen, wenn ein Wasservogel unsanft landet.
Und doch bin ich mir angesichts dessen, was ich an diesem Morgen gespürt und erlebt habe, ziemlich sicher: Ja, da ist noch jemand.

Sommer - ja, damit verbindet sich so manches: Ferien, Urlaub, Baggersee. Radfahren und Wandern. Und natürlich das Grillen. Wer was auf sich hält, hat das ganz große Equipment vorrätig. Längst gibt man sich nicht mit einem kleinen Holzkohle-Feuerchen zufrieden. Damit's richtig schön brutzelt und es im weiten Umkreis nach lecker Gegrilltem riecht, bedarf es einer fachgerechten Ausrüstung. Wer sich in den Baumärkten umsieht oder auf entsprechenden Internet-Seiten recherchiert, kommt geradezu ins Staunen über all die vielen Zubehörteile. Anzünder, feuerfeste Handschuhe, riesige Kessel zum Garen und Braten, natürlich auch Temperaturfühler fürs Fleischinnere, entsprechendes Besteck und daneben noch eine Feuerschale. Lagerfeuer-Romantik. Doch dazu würde auch noch ein singender Gitarre-Spieler passen.

Juli

Es geht auf die Ferien zu. Die große Sommerpause.
Die Zeit der „Festle", der „Hocketses". Der Sommer
jagt seinem Höhepunkt entgegen. Freiluft-Veran-
staltungen. Bierzelte. Biergärten. Man sitzt gemütlich beisammen und knüpft neue Freundschaften. Bei
einer Halbe Bier oder einem Viertele findet man
schnell auch mal Duz-Freunde. Die sich dann später
hoffentlich noch entsinnen, dass man längst aufs
„Du" angestoßen hat. Die deutsche Sprache setzt
bekanntermaßen dem gegenseitigen Näherkommen
grammatikalische Grenzen. Während man sich im
Englischen wie selbstverständlich duzt (weil die
Sprache die Anrede „Sie" gar nicht kennt), hält uns
das „Sie" im Deutschen doch arg auf Distanz.
Manchmal weiß man auch gar nicht so recht, wie man
in feucht-fröhlicher Runde die Umsitzenden anspre-
chen soll. Neuerdings aber ist eine gewisse Wand-
lung festzustellen. Das Englische, das uns überall
umgibt und dem wir uns nicht mehr entziehen können, scheint das „Duzen" so langsam salonfähig zu
machen. Zum Beispiel in der Werbung. Haben Sie
schon festgestellt, dass Sie von Supermärkten, Mö-
belhäusern und Baumärkten geduzt werden? Nicht
im Laden, aber auf den Prospekten.

Wir Kunden sollen überall den Eindruck haben, es
mit einem lieben Kumpel zu tun zu haben, der uns ein

„Schnäppchen" zukommen lassen möchte. Völlig unbemerkt, hat sich das „Du" in die Werbung einge-
schlichen. Zuerst ganz sanft, dann aber hat es uns
wie ein Tsunami überrollt. Überall „du". Sogar ein
Entsorgungsunternehmen ist mir bekannt, das sich
einen ziemlich sperrigen Namen gegeben hat: „Du:
Willkommen in der Umwelt." Kein pfiffiger Werbe-
slogan, sondern wirklich der Name des Betriebs. Und
nicht mal etwas Englisches. Der sogenannte Abfall-
wirtschaftsbetrieb (früher sagte man wohl eher:
„die Müllkutscher") eines Landratsamts hat jetzt
sogar ein Zeichentrick-Videofilmchen gemacht, um
dem (analphabetischen) Bürger auf simple Weise
dazustellen, wie ein Mülleimer-Schloss zu beantra-
gen sei und wie es funktioniere. Natürlich im kum-
pelhaften „Duze-Ton." Wer noch Nachfragen habe,
könne sich an den Herrn Andreas soundso wenden.
Ich hätte den lieben Andreas einfach mal gefragt,
woher wir uns kennen und wo wir auf das „Du" angestoßen hätten. Notfalls könnten wir das ja noch
nachholen. Vielleicht in der Kantine des Müllheiz-
kraftwerks. Oder sagt man zur Kantine dort auch
schon „Casino"?
Ich staune immer wieder, was den Herrschaften in
den Marketingabteilungen so alles einfällt. Und wie
man auf Kundenfang geht. Bei einigen Werbespots
im Fernsehen weiß man auf die Schnelle gar nicht,
um welches Produkt es sich handelt. Um eine Aben-
teuerreise durch eine wilde Landschaft oder um ein
vorbeifahrendes Auto, dessen Markenzeichen eher
zufällig ins Bild geraten zu sein scheint. Oder ein

anderes Beispiel, das Rätsel aufgibt: geht es bei dem Lauten, Kreischenden und Wummernden um einen Sound, den manche Kreise als Musik bezeichnen mögen - oder ist es Werbung für einen Handy-Vertrag?

Auch erschließt sich dem heimischen Schwaben nicht so recht, weshalb man sein schönes Ländle jüngst mit knallgelben Plakaten zugekleistert hat, auf dem in großen schwarzen Lettern „The Länd" steht. Werbung in der Heimat für die Heimat - und das auf Englisch? Okay, mancher mag auch im Zeiten des Englischwahns stutzen und denken, es müsse doch wenigstens „Ländle" heißen. Auch das „Th" dürfte nicht jedem so locker von den Lippen gehen. Im Zuge der hochgepriesenen Elektromobilität, wäre es als ein Zeichen für die Innovationen der Elektronik-Industrie ohnehin angebrachter gewesen, ein „E" vorzusetzen, wie beim E-Auto. Ein besonderer deutsch-englischer Werbegag wäre deshalb gewesen „The E-Länd". Schwäbisch ausgesprochen. Auf Hochdeutsch: das Elend.

Da lieb ich mir doch den Werbespot mit „Karle". Dem guten alten schwäbischen Freund vom Seitenbacher. Da weiß man jedenfalls, worum's geht. Ums Müsli vom Seitenbacher.

Aber in diesen Zeiten braucht man auch nicht alles zu verstehen. Vor allem nicht das exponentielle Wachstum des Online-Irrsinns. Wo immer man steht, sieht und liest, da wird man aufgefordert, auf Online umzustellen. Was ganz einfach sei, indem man mit dem Smartphone einen QR-Code scanne - und wusch, schon sei man eingeloggt. Allerdings dürften manchem diese verschieden dicken schwarzen Striche oder die schwarzen skurril anmutenden Symbole wie Schriftzeichen aus einer anderen Welt erscheinen. Während einerseits so ziemlich jede Email ausgedruckt, gelocht und vor dem Ablegen in Aktenordner auch noch mit Lochverstärkungsringen versehen wird, sollen wir Papier sparen und möglichst jedes Heftle und jede Broschüre, jedes Kundenmagazin und jede Gebrauchsanweisung online beziehen. Geradezu kurios mutet dies an, wenn man die Betriebsanleitung für ein elektronisches Gerät nur mit diesem selbst abrufen kann. Aber, wo bitte, ist die Gebrauchsanweisung für diese Prozedur? Natürlich: im Gerät. Zum Abrufen. Geht's noch?

Glauben denn die Online-Jünger allen Ernstes, dass sich die Menschheit ständig die Mühe macht, irgendetwas online abzurufen? Um - in der Badewanne oder sonst wo sitzend - per Tablet oder Smartphone das zu lesen, was bisher praktisch auf Papier gedruckt ins Haus kam? Glaubt das wirklich jemand? Ja, die „Online-Macher" glauben das. Oder lügen sich vielleicht selbst in die Tasche, wenn sie nur die „Mausklicks" zählen, die ihr Produkt im Internet erzielt. Aber „Mausklick" bedeutet ja noch lange nicht: echt gelesen, kapiert und vielleicht aufgehoben (wie man dies mit einem Ausschnitt aus Papier machen könnte).

Wären die „online"-Angebote so erfolgreich, wie behauptet wird, dann frage ich mich, warum Supermärkte, Baumärkte und Möbelhäuser, aber auch

Sportgeschäfte nahezu allwöchentlich immense Summen für gedruckte Farbprospekte ausgeben und diese an alle Haushaltungen verteilen lassen? Würde „online" dies so einfach ersetzen, hätte man längst auf diese kostspielige Werbung verzichtet - insbesondere, wo doch Papierdruck in den Augen vieler Umweltfreaks „nicht nachhaltig" und Papier so teuer ist.

Dass mit „online" natürlich dem Englischwahn Vorschub geleistet wurde, ist unübersehbar. Kurze knackige Wortschöpfungen sind gefragt. Oder etwas Eingedeutschtes, das uns suggerieren soll, wie günstig man doch einkaufen könne. Ein solches Wort ist „Sale", das den altbackenen „Winter- oder Sommerschlussverkauf" nicht nur ersetzt hat, sondern ihn quasi aufs ganze Jahr ausgedehnt hat. Kaum eine Innenstadt, in der nicht irgendwo die vier großen Buchstaben an Schaufenstern oder auf Straßenstoppern prangen. „Sale." Was ein „Schnäppchen" erwarten lässt, heißt übersetzt nichts anderes als „Verkaufen". Verdummung auf globalem, englischen Niveau.

Wer ganz tolle innovative Ideen hat, wird meist ausgezeichnet und darf sich rühmen, irgend einen Award erhalten zu haben. Von wem auch immer. Meist auch rätselhaft, wer in der zuständigen Jury saß. Vielleicht Lobbyisten für jene Branche, derer der Gewinner gerade angehört. Ich hab schon das TÜV-Zeichen an der Tür eines Reisebüros gesehen.

Was, bitte schön, soll einem das suggerieren? Dass der Technische Überwachungsverein, den man doch eher zu jenen Institution zählt, denen man alle paar Jahre das Auto vorführen muss -, dass der jetzt auch die Technik eines Reisebüros unter die Lupe nimmt? Den Zustand der Besucherstühle, den Griff der Eingangstür, die Computermaus oder ob die bunten Reiseprospekte auch ordnungsgemäß gestapelt sind und das Personal nicht erschlagen können?

Service ist wichtig - sogar wichtiger denn je. Kein Internet-Shop wird jemals einen kompetenten Verkäufer ersetzen können. Außerdem ist es ja nicht gerade umweltfreundlich, wenn man sich Kleidungsstücke per Paketdienst bringen lässt, sie kurz anprobiert und dann wieder zurückschickt. Wo die meisten dann übrigens nicht mehr kostspielig zum Weiterverkauf aufgemöbelt, sondern kurzerhand weggeworfen werden. Um diese sinnfreie Prozedur zu vermeiden, könnte man doch einfach beim Versandhändler anrufen und sagen: sparen Sie sich das Angebot der versandfreien Rückgabe, ich werf' das Kleidungsstück gleich selbst weg. Wäre natürlich genial, denn man könnte die Hose oder die Jacke dann trotzdem tragen. Kostenlos.

AUGUST

Hochsommer. Die Zeit der großen Ruhe. Schulferien. Betriebsferien. Lassen Sie sich durch nichts aus der Ruhe bringen. Auch nicht von einem saftigen Gewitter. Es sei denn, Sie wohnen in einem Tal, in dem es viele Quellen gibt oder in dem man einen Fluss radikal begradigt und aus seinem natürlichen Bett entfernt hat, wo man alles zubetoniert hat und dem Irrglauben unterlegen ist, man könne die Natur mit technischen Mitteln beherrschen. Dann ist bei einem sommerlichen Unwetter Vorsicht geboten. Manchmal aber - und da spreche ich aus eigener Erfahrung - schlägt die Natur an einem Ort oder Augenblick zu, an dem man es am wenigsten erwartet hätte.

Immer mit der Ruhe - cool bleiben

So cool müssen Sie erst mal sein. Oder nennen Sie es „Schock" oder einfach Ignoranz. Oder als temporäre Amnesie. So würde wohl ein Mediziner einen unerklärlichen Aussetzer bezeichnen. Kann beispielsweise bei einem Unfall auftreten. Oder in seltenen Fällen ganz einfach so.
Als eines mittags ein Riesengewitter über uns niederging und sich von den überschwappenden Dachrinnen der Häuser ganze Niagara-Wasserfälle ergossen, Rinnsale zu Bächen anschwollen und der

Vorgarten innerhalb von Minuten unter Wasser stand, beobachtete ich im geschützten Wintergarten mit Begeisterung, wie sich das Wetter austoben konnte. Ist doch nichts schöner, als die Gewalten der Natur aus sicherer Umgebung zu studieren. Vor allem, wenn es in kein katastrophales Hochwasser ausartet und die niederstürzenden Fluten nach einer Viertelstunde wieder nachlassen. Nochmal Glück gehabt. Dachte ich.

Dass anschließend ein Telefonat, das ich vom Festnetz aus führen wollte, nicht zustande kam, weil die Leitung tot war, konnte nach so einem Unwetter durchaus sein. Vermutlich war irgendwo ein Schaltkasten abgesoffen. Oder war gar im Haus eine elektrische Sicherung herausgesprungen, so dass jener Stromkreis, an dem die interne Telefonanlage hing, außer Gefecht gesetzt wurde.

Vielleicht machte es Sinn, am Sicherungskasten im Keller nachzuschauen, bevor ich die Mittagspause beenden und wieder zur Arbeit fahren würde. Also Treppe runter - und böse Überraschung: Mit dem letzten Tritt stehe ich bis zu den Knöcheln im Wasser. Alles überflutet. Natürlich auch die Verlängerungssteckdose zum Gefrierschrank. Die Folge war ein Kurzschluss, der die Telefonanlage lahmgelegt hat.

Und was tue ich? Kühlen Kopf behalten, jetzt bloß keine Panik. Was nicht mehr zu ändern ist, bedarf zuerst eines Plans. Wenn das ganze Kellergeschoss zehn Zentimeter unter Wasser steht, ist mit Eimer schöpfen nichts geholfen. Vielleicht, so denke ich,

fließt einiges davon durch die vorhandenen Auslauf-
schächte wieder ab.

Denn als verantwortungsvoller Journalist, als den ich
mich betrachte, erscheint es an diesem Nachmittag
geboten, den Artikel über die wichtige, vormittägli-
che Gerichtsverhandlung zu schreiben. Das Wasser
kann warten.

Also stapfe ich mit nassen Schuhen und Strümpfen
wieder ins Erdgeschoss hoch, lege mich „trocken"
und fahre zur Arbeit. Dort, in der Redaktion, beschleicht mich jedoch zusehends ein schlechtes Ge-
wissen, weshalb ich meine Partnerin an ihrem Arbeitsplatz anrufe und sie vorsichtig auf das vorbe-
reite, was sie erwarte, wenn sie - wie üblich - vor mir
heimkomme.

Okay, ich erspare Ihnen das Zitieren jener Worte,
mit denen sie mich - völlig zurecht - abends empfan-
gen hat. Bis ich heimkam, hatte sie mit Hilfe eines
lieben Nachbarn unsere Kellerräume wieder einigermaßen gesäubert. Allerdings bedurfte es anschie-
ßend noch einer mehrwöchigen Trocknungsprozedur
mit Apparaten, die heulten wie ein Düsen-Jet beim
Start. Außerdem wurde mir bewusst, wie wichtig es
ist, in solchen Situationen eine ausreichende Versicherung zu haben, die den finanziellen Schaden ohne
zu Murren bezahlt. Meine aus früheren Fällen gemachte Erfahrung, der Agent würde nun sagen, ich
sei zwar gegen vieles versichert - „aber in diesem
speziellen Fall leider nicht", hat sich glücklicherweise nicht wiederholt.

Für mich war meine eigene Reaktion in dieser Ange-
legenheit ein Beweis dafür, wie merkwürdig man in
außergewöhnlichen Situationen reagiert. Wobei es
natürlich stets angeraten erscheint, zunächst mit
klarem Kopf über das Vorgehen nachzudenken. Was
ich auch nicht getan habe, sonst wäre ich nicht
gleich in das Wasser gestanden, ohne sicherzustel-
len, dass ich keinen Stromschlag bekommen würde.
Jedenfalls denke ich seither, wie muss es erst Menschen ergehen, die mit viel Schlimmerem konfron-
tiert werden als mit einem leicht überfluteten Keller! Nie würde ich jemals wieder jemandem einen
Vorwurf machen, kopf- oder gedankenlos reagiert zu
haben. Denn es gibt Situationen, in denen man möglichst schnell zupacken und das Richtige tun möchte
- um dann unbewusst und unschuldig alles falsch zu
machen. Was nützt es da, wenn man oft zu hören
kriegt: Bitte, immer kühlen Kopf bewahren. Also
Ruhe!

Dass dies oftmals nicht gelingt, wird spätestens
dann deutlich, wenn Menschen ihr Barvermögen oder
ihren Schmuck vor die Haustür legen, um es vorsichtshalber heimlich von einem Polizisten abholen
zu lassen, weil angeblich im Wohngebiet gerade Einbrecher ihr Unwesen treiben. Unglaublich, wie
leichtgläubig die Leute sind, wenn man sie am Telefon mit der Behauptung schockt, dass Gefahr im
Verzuge sei. Geld vor die Haustür legen, dazu den
Schmuck! Wie bescheuert muss man sein?! Ich wür-

de eher sagen: nicht „bescheuert", sondern panisch und in einer Ausnahmesituation.

Und es geht sogar noch dreister, frecher und kaltblütiger. Man nennt es auch „Enkeltrick". Da ruft ein Unbekannter an und erklärt Ihnen im bedauerlichen Brustton der Überzeugung, ein Familienangehöriger (Sohn, Tochter, Enkel, Enkelin usw.) sei in einen Verkehrsunfall oder in ein Verbrechen verwickelt, weshalb zur Vermeidung einer Festnahme dringend eine Kaution von mehreren tauend Euro gebraucht werde. Weil die Justiz dränge und eine Untersuchungshaft drohe, müsse schnell gehandelt werden, um den zuständigen Richter „milde" zu stimmen. Ein Bote werde deshalb losgeschickt, um den Barbetrag abzuholen. Natürlich wird Zeit eingeräumt, um die Abhebung bei einer Bank zu ermöglichen. Die Panik ob derlei Botschaft ist aber so groß, das keine Gelegenheit zum Nachdenken bleibt. Nichts wie los und Geld geholt!

Anstatt in Ruhe nachzudenken. Warum nicht erst mal bei der zuständigen Polizei nachfragen? Und zwar nicht per Rückruftaste, falls der Anrufer selbst behauptet, Polizist zu sein. Nein, in diesem Fall selbst die „110" wählen (also keine Rückruftaste, auch wenn diese Zahl im Display angezeigt wurde). Im Übrigen käme ein Anruf von der Polizei nie mit der übertragenen „110"! Unter diesem Notruf werden nur Anrufe entgegengenommen, aber niemals geführt!

Egal, was geschieht - es gilt stets: Ruhe bewahren und nachdenken.

Auch wenn im Keller das Wasser schon bis zu den Fußknöcheln steht.

Um noch einmal auf mein Unwetter-Erlebnis zurück zu kommen:

Man sollte stets bedenken, dass in topografisch bergigem Gelände immer ein Hochwasser drohen kann. Gerade im Sommer brauen sich über oder an den Mittelgebirgen oftmals schwere Gewitter zusammen. Man darf also den Bezug zur Natur nicht verlieren, sondern ihr Respekt zollen. Nicht nur im „großen" Gebirge, sondern auch an der Schwäbischen Alb, die so traumhaft schön ist. Übrigens bei jedem Wetter.

Natur vor dem Haus

Naturnahe Gärten sind heutzutage „in". Also Sträucher, blühende Stauden und Wiesen, ein Teich und Naturstein-Mäuerchen. Alles schön anzusehen und insekten-freundlich. Im krassen Gegensatz dazu die „Steingärten", Betonflächen und Fliesen. Auf dass kein Unkräutchen mehr gedeihe und keine Schnecke eine Chance habe. Auch keine Biene und kein Schmetterling. Alles schön steril, sauber, praktisch, gut. Gut? Natürlich nicht. Nur wenn wir den Insekten - und mögen sie noch so lästig sein - eine Chance zum Überleben geben, bleibt unsere Natur und da-

mit die Schöpfung intakt. Jedes kleine Zahnrädchen, das in diesem wundersamen System verloren
geht, bringt das komplexe System der Natur durch-
einander. Nicht vergessen sollten wir, dass auch wir
ein Teil dieses Systems sind.

Da mag es in den naturnahen Gärten durchaus mal zu
einer - sagen wir mal - unliebsamen Begegnung der
seltsamen Art kommen. Denn nicht alles, was wie ein
Wasserschlauch aussieht, ist auch einer...

Damit hatte ich natürlich nicht gerechnet. Und so
kam ich eines Tages auf die Idee, den Ablauf der
Dachrinne wieder mal genauer zu inspizieren. Rein
routinemäßig, denn das Rohr verschwindet im Bret-
terboden der schmalen Terrasse, die entlang einer
Hauswand führt. Dort unten befindet sich ein Re-
genwasser-Verteiler, der den Abfluss einerseits zum
Gartenteich, andererseits in die Kanalisation lenkt.
Eine simple Vorrichtung aus Kunststoff. Frostsicher.
Um jederzeit an sie heranzukommen, ist in den Bret-
terboden eine etwa einen Quadratmeter große Aus-
sparung gesägt worden, deren Abdeckung aus dem
selben Material besteht wie der übrige Boden. Um
diesen Schacht zu kaschieren, passt diese Abdeckung ziemlich genau auf die Öffnung. Nur wer weiß,
wo sie sich befindet, kann mit schmalen Fingern in
den vorhandenen Spalten das Brett anheben.

Das habe ich schon viele Male gemacht, um aus dem Loch Laub und Schmutz zu entfernen. Doch an diesem heißen Sommertag ist alles anders. Ich hebe den Deckel behände ab, blicke auf die üblichen Spinnweben, um mit der Hand des linken Arms ellbogentief nach zum Griff für den Wasserverteiler zu fingern. In dieser einen Sekunde geschieht alles gleichzeitig: eine blitzartige Bewegung. Von irgendetwas Dunklem, das neben dem Behälter ein paar Zentimeter hoch schnellt. Wie ein Schatten. Gleichzeitig ein bösartiges Zischen. Reflexartig zuckt meine linke Hand zurück. Gebissen? Hat mich etwas gebissen? Den Bruchteil dieser Schrecksekunde gar nicht in der Lage, zu begreifen, was da gerade passiert, erkenne ich trotzdem: eine Schlange. Nach ihrem zischenden Angriff schlängelt sie sich rasant in den Zwischenraum zwischen Holz- und Erdboden. Und weg ist sie.

Klar wird eines: Sie ist also immer noch da. Die Ringelnatter, die ich schon vor zwei Jahren im Garten mal gesehen habe - in der Hoffnung, sie würde weiterziehen. Aber den naturnahen Bewuchs wird sie zu schätzen wissen. Dass es eine Ringelnatter ist, daran bestand schon damals kein Zweifel: Gelbe Flecken am Hinterkopf. Also harmlos.

Ja, schon. Man soll sogar stolz sein, eine Ringelnatter im Garten zu haben, lese ich im Internet nach. Das zeuge von einem sehr naturnahen Garten. Und vertreiben? Auf gar keinen Fall. Sehr geschützt, sehr nützlich. Töten oder einfangen, um anderswo auszusetzen, ist strafbar.

Aber muss es unbedingt mein Garten sein? Es finden sch keine Hinweise darauf, wie man diese Schlange wieder los wird. Man solle auf natürliche Feinde hoffen, wird gesagt. Auf Igel oder Katzen. Doch die Miezen der Nachbarn sind viel zu fett gefressen, als dass sie sich um Schlangen kümmern würden. Womöglich haben sie sogar Angst davor. Wenn sie was jagen, dann leider nur meine Vögel, die ich füttere.

Im Internet, das alles weiß, aber oft nicht fundiert begründet, stoße ich auf einen Text, in dem es heißt, wie man „früher" mit Ringelnattern umgegangen ist. Früher. Da wird unter dem Deckmantel der Historie vielleicht ein Tipp gegeben. Ein Hausmittel, das besage, man solle weißen Essig versprühen. Also in den Supermarkt und weißen Essig gekauft, dazu eine Sprühflasche um das Zeug in alle Ritzen, auf alle Steine und an den Teichrand zu sprühen. Auch in die Lichtschächte des Kellers, die jedoch längst mit dichtem Gitterwerk verschlossen sind.

Ich sprühe, was das Zeug hält. Und das Zeug dieser Plastik-Sprühflasche (Preis 78 Cent), hält nicht lange. Nach zehn Minuten sprühen gibt sie den Geist auf. Aber ich hab bereits alle wichtigsten infrage kommenden „Tatort" bestäubt. Erfolg: Anderntags

sonnt sich das „Luder", wie wir sie inzwischen ge-
tauft haben, frühmorgens im Rosenbeet vor dem
Schlafzimmerfenster.

Spätestens, wenn's wieder kühler wird und auf den
Herbst zu geht, wird sie sich zurückziehen, wird
behauptet. Aber mit dem Klima-Wandel ist zu befürchten, dass sie nächstes Jahr erneut auftaucht.
Und mit ihr womöglich weitere Tierchen, die hitze-
gewohnt sind. Ich mag gar nicht daran denken, was
da aus dem Süden noch alles kommen könnte. Aber
zubetonieren, nein, das werde ich den Garten deshalb nicht. Auch Schlangen sind ein Stück der Natur.
Solange sie nicht giftig sind oder würgen, sollten wir
sie akzeptieren.

Und ich kann (stolz) vermelden: Wir haben sogar
eine Ringelnatter im Garten.

Übrigens, Wildenten auch.

SEPTEMBER

Physik im Wanderbus

Ich hätte es nie für möglich gehalten. Aber wenn Corona etwas Gutes hatte, dann dieses: die Deutschen können plötzlich in Reih und Glied hintereinander und - vor allem - geduldig in Schlange stehen. Dass ich dies noch erleben durfte! Sogar im Regen harrten die Deutschen vor den Eingangstüren der Geschäfte - stets mit respektablem Abstand zum Vordermann (Achtung: geschlechtsneutraler Begriff, auch Vorder-Frauen sind gemeint).
Das war vor Corona ganz anders. Bis dahin hatte ich mich immer fremd geschämt, wenn sich um mich herum vor Eingängen wartende Menschen wie wilde Tiere gebärdet haben. Unglaublich, wie schnell sich Verhaltensweisen ändern.
Es ist auch kaum zu fassen, dass sich diese „Horde Mensch" hingegen als Autofahrer geduldig in den kilometerlangen Autobahnstau einfügt, innerlich zwar vor Wut und Zorn kochend und bebend, aber stets mit respektablem Abstand von Blech zu Blech. Höchst selten, wenn überhaupt, kommt einer auf die Idee, den Vordermann absichtlich zu schieben oder ihn seitlich zur Seite zu rammen. Was die autofahrenden Menschen von derlei rabiater Reaktion abhält, kann einzig und allein die Sorge um dieses

chrome-glitzernde und wohlgeformte Blech sein, das zum Geradebiegen horrende Kosten verursachen würde.

Denn wie sonst könnte es sein, dass man sich in einer Menschenmenge beim Warten und Drängeln anstößt, schiebt, wegdrückt oder gegenseitig mit Ellbogen traktiert. Wäre man von Blech umgeben, käme man stets mit Beulen heim. Von guten Manieren keine Spur.

Oft habe ich mir schon vorgestellt, wie sich seriöse Engländer, die für ordentliches Schlange stehen bekannt sind, zwischen all den wilden Deutschen fühlen müssen, die als Steinzeitmenschen gerade erst von den Bäumen herabgestiegen zu sein scheinen. Wenn sich vor einer Zugangstür ganze Trauben von wild gewordenen Menschen schieben und drängeln, als drohe ein Terroranschlag. Wenn sie sich von allen Seiten heran wühlen und -quetschen und keiner das heiß begehrte Ziel erreicht, weil jeder jeden weg- oder niederstößt - dann wird aus Frust, Zorn und Ungeduld ein explosives Gemisch.

Beschreibungen dieser Art können nur einen winzigen Bruchteil des Kampfgetöses wiedergeben. Um dies hautnah erleben zu dürfen, gibt es einen todsicheren Rat: eine Gebirgswanderung, deren Ausgangs- und Rückkehrpunkt nur mit einem Omnibus zu erreichen ist. Hier zeigt sich das ganze Ausmaß der wahren Brutalität, das man sich nicht im geringsten vorstellen kann - wenn aus gleichgesinnten, friedliebenden Bergwanderern plötzlich Feinde werden.

Die Szenerie, die keinesfalls meiner Phantasie entsprungen ist: ein wunderschöner Spätsommertag
irgendwo in einem traumhaften Alpental, dessen
Pfade und Hütten weithin beliebt sind. Wenn spät-
nachmittags all die vielen Bergfreunde wieder von
den Höhen herabsteigen, formiert sich eine Prozes-
sion, die in ein Chaos mündet. Zunächst strömen die
Menschen wie Ameisen aus allen Richtungen trich-
terförmig zu jener Haltestelle, wo zu bestimmten
Zeiten ein „Wanderbus" in den nächsten Ort zurück-
fährt. Wer nicht mit eigenen Augen gesehen oder -
noch schlimmer - am eigenen Leib verspürt hat, was
sich nun entwickelt, wird niemals ermessen können,
wozu Menschen fähig sind, die noch wenige Minuten
zuvor freundlich grüßend durch die Natur gezogen
sind.
15 Minuten vor dem Eintreffen des Busses formiert
sich langsam ein Grüppchen. Noch sind es Personen,
die zu diesem Zeitpunkt keine Feindseligkeit an den
Tag legen. Doch während sich das Grüppchen zu einer Gruppe aufbläht, braut sich minütlich eine kritische Masse zusammen, deren Siedepunkt nicht mehr
fern ist.
Als erschwerend muss gewertet werden, dass niemand so genau weiß, wo der erwartete Omnibus zum
Stehen kommen könnte. Und wo die Tür sein würde.
Es wird eng und enger. Am Boden hat mit den Berg-
schuhen der Stellungskampf um jeden Zentimeter
Landgewinn längst begonnen. Denn wer jetzt nicht
vorne steht oder gar falsch platziert ist, braucht
gleich gar nicht darauf zu hoffen, dass ihm irgend-

jemand in dieser Meute den Vortritt lässt. Vornehme Zurückhaltung wäre jetzt völlig fehl am Platze. Denn jetzt macht sich tierischer Instinkt breit.

Als der Bus langsam naht, wogt die Menschenmasse wellenartig hin und her. Aus Sicht des Fahrers gewiss eine unberechenbare Situation. Der Sicherheitsabstand, den er einzuhalten versucht, verfüllt ich sofort mit jenen Vordränglern, deren Wanderjacken wenigstens dazu dienen, den Staub von der Karosserie zu wischen.

 Dass an vorderster Front jetzt nicht etwa, wie man allzu gerne beklagen würde, irgendwelche ungezogene Jungspunde drängeln, sondern angeblich gut situiert Herrschaften, die den Kampf um einen Chefposten im Berufsleben schon weit hinter sich gelassen haben, muss verwundern. Sie scheinen es ganz besonders eilig zu haben, bringen Ellbogen in Anschlag oder stochern im Gedränge mit Wanderstöcken den Weg frei. Als müssten sie dringend zu einem wichtigen Termin, vielleicht auch zum Airport.

Dann aber entfesselt das automatische Öffnen der Tür ungeheure Kräfte. Als würde einer Horde ausgehungerter Löwen der Weg zum Futternapf freigemacht. Oder, besser ausgedrückt: als gäbe es im Omnibus einen Zapfhahn mit Freibier. Aus Bergfreunden werden Bergfurien. Hyänen, Bestien. Jeder ist sich selbst der Nächste.

Was die feinen Herrschaften, von denen gewiss nicht wenige in Mehrsterne-Hotels untergebracht sind, allerdings nicht bedenken, das sind die Gesetze der Physik. Genauer gesagt: der Kinetik, von der gebildete Menschen wissen, dass dies ein wichtiges Teilgebiet der Mechanik ist. Wer in der Schule aufgepasst hat, weiß nämlich, dass es um „Bewegungen unter dem Einfuss innerer oder äußerer Kräfte" geht. Diese Kinetik setzt vor dem Wanderbus dem Ansturm jähe Grenzen. Denn wenn sinnlose Kräfte von allen Seiten drücken, schieben und pressen, wird das anvisierte Ziel verpasst. Im schlimmsten Fall verklemmen sich Teile an der engsten Stelle. Im vorliegenden Fall: nicht Teile, sondern leibhaftige Menschen. Wer es schafft, einen Fuß auf die Einstiegsstufe zu stellen, wird im nächsten Augenblick beiseite gestoßen, hat aber das Glück, nicht zu stürzen, weil der Druck von hinten immer heftiger wird und ihn in der Senkrechten hält. Zierliche Personen schweben bereits in höchster Lebensgefahr. Aber das Blech der Karosserie, gegen das sie gepresst werden, wird Schlimmeres verhindern. Denn es gibt nach.

Etwas lichter wird's erst, als jemand im hitzigen Gewühl zwischen schweißnassen Hemden dickbauchiger Wanderburschen unbemerkt zu Boden gleitet und sich auf Augenhöhe mit festen Wanderschuhen wiederfindet. Auf diese Weise, so muss befürchtet werden, wird manch zierliche Person nach anstrengendem Wandertag auf lautlose Weise ins Nirvana verschwinden. Derweil tobt über ihr der Kampf am Einstieg unerbittlich weiter. Menschen geraten beim Einsteigen ins Taumeln, stürzen auf den Fahrer, der sich mit einem beherzten Sprung aus seiner Tür in Sicherheit bringt. Im Bus setzen Personen, die bis dahin keinen allzu sportlichen Eindruck hinterlassen hatten, zu einem regelrechten Hundert-Meter-Spurt zu den hinteren Sitzen an, streifen im Vorbeirennen den bereits sitzenden Passagieren ihre Mützen vom Kopf. Locker von der Schulter hängende Rucksäcke prallen in Gesichter, Brillen zerschmettern am Boden. Aus einem offenen Geldbeutel kullert Kleingeld durch den Gang, auf dem die entfesselte Menge ungeachtet dessen weiter nach hinten drängt. Jemand versucht vergeblich, seine Walkingstöcke in der oberen Ablage zu verstauen, trifft dabei aber ins Auge einer hysterischen Dame. Ein älterer Herr behauptet lautstark, er habe in diesem Bus eine Platzkarte gebucht, aber nun sei der Sitz belegt.

Inzwischen stehen die Menschen dicht gedrängt, doch der Fahrer brüllt aus voller Brust, man solle aufrücken. Tatsächlich kann er die letzten zehn Personen vollends hineinstopfen. Mittlerweile riecht es unerträglich nach Schweiß und es ist so laut, dass keiner ein Wort des anderen versteht. Ist auch besser so. Denn niemand käme jetzt auf die Idee, von der schönen Gebirgswanderung zu schwärmen. Der Alltag hat sie alle schon wieder gefangen.

Und morgen geht's zwar nicht genau so, aber doch ganz ähnlich weiter: wenn's kritisch wird, ist sich jeder selbst der Nächste. Und keiner hat bei der Fahrt mit dem Wanderbus etwas dazugelernt. Allenfalls so viel: man muss nicht überall dort gewesen ein, wo alle sind.

Ein bisschen Hoffnung bleibt: dass wir das ordentliche Schlange stehen aus der Zeit von Corona ins normale leben hinüber retten.

Je weiter das Jahr in seinem Lauf fortschreitet, desto ruhiger und beschaulicher wird die Natur um uns herum.

Trotz aller Nachdenklichkeit sollte man aber die Herbsttage nicht nur sitzend oder auf dem Sofa liegend verbringen. An und auf der Schwäbischen Alb gibt es schließlich genügend Möglichkeiten zum Wandern, Laufe und Rennen. Heute sagt man Aerobic, Joggen oder Walken.

Um ehrlich zu sein, mir gehen die Anglizismen, also die aus dem Englischen eingedeutschten Worte, schwer auf den Wecker. Aber wenn Sie durch die Einkaufsstraßen gehen, schreien Ihnen - wie bereits erwähnt - von Plakaten und Werbeplakaten überall englische Worte entgegen.
Ich kann bei allem, was gerade so geschieht, nur bitten:

Rettet die Sprache!

Was ist bloß mit der Sprache im Lande der Dichter und Denker los? Wer nicht wenigstens in der Schule ein paar Stunden Englischunterricht hatte, glaubt sich in eine andere Welt versetzt. Er ist ausgeschlossen, diskriminiert - um es im beliebten Neudeutsch auszudrücken. Man muss doch die Frage stellen, weshalb wir zwar jede laut schreiende Minderheit hätscheln und tätscheln - nicht aber die Minderheit der Nicht-Englischversteher. Und das sind viele. Überwiegend ältere Menschen, die aus allem ausgegrenzt sind: vom Homebanking, vom Online-Kauf eines Tickets - ja, die selbst viele Texte deutscher Zeitungen nur noch der Spur nach verstehen. Wenn überhaupt.

Nein, ich will jetzt nicht schon wieder übers „Online" wettern, sondern über Worte und Bezeichnungen, die entweder aus reiner Faulheit nicht mit vergleichbaren deutschen Begriffen übersetzt werden oder schlicht und ergreifend hinausgeplappert werden, weil die Redner und Autoren dem Irrglauben unterliegen, damit ihre Bedeutung und vermeintliche Intelligenz hervorheben zu können. Oder mit einem Herrschaftswissen protzen wollen. Denn nur der „Pöbel" benutzt keine Fremdworte. Mag es ja durchaus in manchen Branchen und Institutionen sinnvoll sein, Fachbegriffe zu verwenden, die der Laie sogar vor lauter Angst, er könnte sie falsch aussprechen, gleich gar nicht in den Mund nehmen mag.

Aber spätestens mit der Corona-Pandemie sind alle Dämme gebrochen. Lockdown, Shutdown, Boostern, Vakzine - sind nur einige wenige Beispiele dafür, wie „verenglischt" die deutsche Sprache zunehmend wird. Und dies - so wird geschätzt - obwohl uns rund eine halbe Million deutsche Wörter zur Verfügung steht.

Immerhin gibt es noch eine bodenständige Institution, die den übermäßigen Gebrauch von Anglizismen und die unselige „Vergenderung" (ich würde sagen: „Verhunzung") der deutschen Sprache energisch ablehnt. Ein dringender Kampf, nachdem sogar der „Duden", also sozusagen die Heilige Schrift der deutschen Sprache, nun auch damit begonnen hat, den Irrsinn des Genders mit aufzunehmen. Also wonach der männliche Begriff wie etwa „Bürger" nicht mehr für beide - oder mehr - Geschlechter genutzt werden kann. Nie hätte ich mir erlaubt zu denken, dass Frauen keine „Bürger" sind, bloß, weil man(n) nicht explizit eine feminine „Bürgerin" daraus macht. Der „Verein Deutsche Sprache" wirft dem Duden zurecht vor, auf dem besten Weg zu sein, „seine Rolle als Standard-Referenzwerk für das Deutsche aufzugeben." Indem das beliebte Nachschlagewerk die Sprache jetzt nicht mehr widerspiegele, sondern sie sogar „aktiv verändert." Die Kritiker berufen sich zudem auf ein letztinstanzliches Urteil des Bundesgerichtshofs von 2018, der entschieden habe, dass mit der Bezeichnung „der Kunde" Menschen jeglichen Geschlechts angesprochen seien. In dem Verfahren war es um die Beschwerde einer Frau gegangen, die von ihrer Sparkasse mit „Kundin" angeredet werden wollte. Das Bundesverfassungsgericht bekräftigte diese Entscheidung gegen das „Gendern" in diesem Fall sogar noch.

Das biologische Geschlecht (Sexus), so ergänzt der „Verein Deutsche Sprache", sei eben nicht mit dem grammatikalischen Geschlecht (Genus) gleichzusetzen. Beispiel: „Der Engel" sei geschlechtslos, „der Scherzkeks" könne auch eine Frau sein. Noch absurder werde das Vorgehen bei der Betrachtung des Plurals: „Die Ärztekammer" vertrete selbstverständlich sowohl Ärztinnen als auch Ärzte. Und auch das Finanzamt hole sich sein Geld „vom Steuerzahler" - und zwar unabhängig vom Geschlecht. Anmerkung meinerseits: ich hätte nichts dagegen, wenn sich das Finanzamt nur an „Steuerzahlerinnen" wenden würde.

Doch klar ist: Nur wenn konkrete Personen angesprochen werden, spricht man von „Ärztin" oder „Lehrerin." Ergänzend möchte ich zu bedenken geben: Bei einem medizinischen Notfall würde kein Mensch in die Menge rufen: „Ist ein Arzt oder eine Ärztin da?"

Eines finde ich im Zusammenhang mit diesem Reizthema doch sehr beruhigend: Wenn wir in Deutschland die ganze Arbeitsenergie in den Amtsstuben und Büropalästen mit so Kinkerlitzchen wie dem ‚Gendern' verplempern, dann scheint ja ansonsten alles bestens in Ordnung zu sein. Es darf aber vermutet werden, dass man sich in Verwaltungen und „übergegenderten" Schreibstuben beim Erfinden immer neuer „Vergenderungen" übertrifft und sich köstlich amüsiert, Gegner damit zu provozieren. Und dabei die dringend notwendige Digitalisierung des

Büros vernachlässigt. Wie sonst ist zu erklären, dass man mancherorts noch Faxgeräte benutzt - und deren Funktion möglicherweise bis zum heutigen Tag noch gar nicht verinnerlicht hat?

 Zurück zum Gendern: Wenn man manche Radio- und Fernsehmoderatoren reden hört, muss man Sorge haben, dass sie sich beim überbordenden „Gendern" einen Knoten in die Zunge quatschen. Wie oft konnte man jüngst so Formulierungsungetüme hören, wie „Ministerpräsidenten und Ministerpräsidentinnen". Ich frage mich, mit welchem Recht uns die öffentlich-rechtlichen Radio- und Fernsehsender dieses „Gegendere" überstülpen wollen. Die Sprache hat Regeln und an die hat sich auch ein Sender zu halten. Wie kann es sein, dass jeder Moderator nach Gutdünken die Sprache verändern (verhunzen) darf?

Wer genau hinhört, bemerkt auch, wie inflationär bisweilen gewisse Worte verwendet werden, die irgendjemand aus den Tiefen seines persönlichen Wortschatzes hervorgeholt hat. Zum Beispiel „Narrativ" - worunter eine Erzählung zu verstehen ist, die Einfluss auf die Wahrnehmung der Umwelt nehmen soll. Einmal irgendwo öffentlich gesagt - und schon beginnt das Wort seinen Weg durch alle Diskussionen und Talk-Shows. Alles scheint plötzlich ein „Narrativ" zu sein.
Manches wird auch einfach sinnleer nachgeplappert. Wie etwa, dass die Polizei einen Tatort „hermetisch" abriegelt. Was soll denn das? Abgeriegelt ist abge-

riegelt, wenn die Polizei ein rot-weißes Absperrband spannt. Floskeln über Floskeln, wenn Medien behördliche Texte unredigiert übernehmen. „Die Polizei hat die Ermittlungen aufgenommen", liest man oft, wenn etwas Kriminelles geschehen ist. Aber, bitte, wer soll denn außer der Polizei die Ermittlungen aufnehmen? Der Geheimdienst bei einem Verkehrsunfall? Oder der Hausmeister?

 Oft wird man auch von dem Wort „aktuell" belästigt. Aktuell sei dieses und jenes gültig, aktuell regne es gerade hier und dort, aktuell gebe es einen Stau auf der Autobahn. Aktuell. Warum es nicht einfach weglassen? Oder mit „derzeit" „momentan" oder „jetzt" ersetzen? Ich bin mal gespannt, wann es dafür auch ein griffiges englisches Wort gibt. Aber glücklicherweise werden bislang auch wenig gebrauchte Worte aus der Versenke geholt, wie etwa „schwurbeln" für das Unsinn-Reden und unklares Ausdrücken. Oder „spoilern" oder „durchstechen" für „ausplaudern und enthüllen". Oder „helikoptern", womit übervorsichtige Eltern gemeint sind, die ständig, wie ein Helikopter, um ihr Kind kreisen. Wirklich toll, dass es für all diesen Unsinn dieses schöne Wort gibt: eben „schwurbeln."

Die Sprache lebt, ohne dass sie krampfhaft ideologische verändert werden muss. Und sie wird umso munterer, je mehr Medien es gibt - auch die sogenannten „sozialen", in denen jedoch viel „geschwurbelt" wird und man es mit der deutschen Rechtschreibung ohnehin nicht so genau nimmt. Da funzt etwas, wenn man „funktionieren" meint, und ist etwas „vllt", wenn es „vielleicht" so sein könnte. Die heutige Jugendsprache gibt ohnehin Rätsel auf: Wenn jemand „cringe" ist, ist ihm etwas peinlich, und falls jemand „lost" ist, fühlt er sich verloren oder verwirrt.

Hat es in der Vergangenheit oft rund hundert Jahre gebraucht, bis Textinhalte aus alter Zeit schwer zu verstehen waren, so dürfte sich dieser Zeitraum nun deutlich verringern. Wir wären vermutlich alle erstaunt, wie schwer sich die Menschen in der Zukunft tun, wenn sie in 100 Jahren unsere heutigen Texte begreifen wollen. Denn wenn sich die Veränderung der Sprache im gleichen Tempo fortsetzt, wie in den vergangenen zehn Jahren, dann bedarf es vermutlich profunder Sprachforscher, um unsere heutigen Schriftsätze richtig zu verstehen. Aber wer wird sich dann noch die Mühe machen, all das, was wir heute geschäftlich, behördlich und privat an gedrucktem Papier produzieren, noch zu lesen? Manches wird angesichts des billigen Papiers längst vergilbt sein, anderes irgendwo in digitalen Speichern lagern, für die es keine Abspiel- und Lesegeräte mehr gibt. Oder die Speicher sind durch einen Softwarefehler oder eine Hacker-Bande gelöscht worden.

Und falls jemand in ferner Zukunft eine Doktor-Arbeit über die Entwicklung der deutschen Sprache zu Beginn des 21. Jahrhundert schreibt, wird er sich vermutlich die Frage stellen, weshalb die Deutschen

so sehr aufs Englische gesetzt haben - und das
Französische ihrer direkten Nachbarn geradezu
verpönt haben. Aber vielleicht, so wird man wohl
wissenschaftlich erkunden, waren es die komplizierten französischen Accents-Zeichen, die kein Mensch
auf der Computer-Tastatur findet. Geschweige
denn, dass niemand weiß, wie die „Dächle rechts rum,
links rum oder Häusle" über den Buchstaben genannt
werden. Accent aigu, Accent grave oder Accent cir-
conflexe.
Da ist das Englische schon einfacher. Trotz des „th",
das zwischen den Zähnen jedes Mal die Zunge in Gefahr bringt. Ein Glück, dass es nur noch selten ein
herausnehmbares künstliches Gebiss gibt. Beim „th"
könnte dies allzu leicht geschossartig dem Gegenüber ins Gesicht fliegen.

OKTOBER

Unser Staatsfeiertag. Der 3. Oktober. Ein echter
Tag der Freude. Keiner also, um ihn mit „Brückentag"
nur zu einem herbstlichen Bergausflug zu nutzen.
Auf der A 7 hin- und her gestaut. Nein, es soll ein
Tag zum Nachdenken über unsere jüngste Geschichte sein. Wiedervereinigung. Die dank einer günstigen
politischen Konstellation einsichtiger Regierungs-
chefs zustande gekommen ist. Ganz unblutig. Die
Zeit war reif - und die Gelegenheit wurde ergriffen.
1990. Ein Zeitfenster, wie es sehr schnell wieder

verschlossen gewesen wäre. Ich kann mich noch sehr gut an diesen wunderschönen sonnigen Herbst-Mittwoch erinnern. Eine Delegation meines Heimat-Landkreises Göppingen war ins sächsische Löbau gefahren - in den, wie man damals noch sagte, DDR-Partnerlandkreis. Große Feier dort, Musik, Folklore, historische Reden. Und ich als Berichterstatter der Göppinger Zeitung mit dabei. Wie gewohnt, sollte ich noch am selben Tag einen Bericht in die Redaktion kabeln. Das hatten wir so vereinbart - ohne zu ahnen, dass die Telefonverbindung über die einstige innerdeutsche Grenze hinweg in diesen Wochen noch nicht voll funktionsfähig war. Und das Handy harrte noch seiner Erfindung.

Die Löbauer Landkreisverwaltung hatte jedoch versprochen, für mich eine Fernschreiber-Leitung nach Göppingen zu organisieren. Bis zu der zuständigen Mitarbeiterin bei der Löbauer Kreisverwaltung war die Dringlichkeit dieses verrückten Reporters - für den man mich wohl hielt - nicht durchgedrungen. Als ich mit meinen handschriftlichen Aufzeichnungen in irgendeinem verstaubt-modrigen Büro auftauchte, um einer zum Feiertagsdienst verdonnerten Dame meinen Text zu diktieren, stieß ich nicht gerade auf große Begeisterung. Zunächst musste sich die Sekretärin (oder was sie sonst war) damit abmühen, eine Leitung „über Berlin" in die BRD zu kriegen. Als dies endlich geschafft war, tippte sie für mich Buchstaben für Buchstaben in das klobige Gerät. Und, oh Wunder, anderntags stand der Text tatsächlich im Lokalteil der Göppinger Zeitung. Insofern hatte ich als „kleiner Lokaljournalist" aus dem Filstal auch ein bisschen Anteil an diesem denkwürdigen Tag der Deutschen Einheit.

Alle waren wir froh und dankbar, dass Deutschland endlich die Folgen des Zweiten Weltkrieges abschütteln konnte.

Daran sollten wir denken, wenn wir jetzt, Jahrzehnte nach der Wiedervereinigung, mit unserer Bundesrepublik bisweilen unzufrieden sind, weil uns Bürokratismus und verknöcherte Politiker manchmal auf den Nerv gehen. Immerhin leben wir in Frieden und in einer Demokratie, in der wir - je nach politischer Einstellung - beispielsweise ohne Angst vor Strafe öffentlich sagen und schreiben können, dass in der Regierung nur Pflaumen säßen. Machen Sie das mal in Russland in Bezug auf den obersten Kriegsverbrecher!

Meinungsfreiheit - ein hohes Gut

Wir dürfen hierzulande alles kritisieren und uns über alles lustig machen. Zum Bespiel so:

Es gab einmal ein Land, das für seinen Erfindergeist und seine Ordnung weltweit bekannt war. Allerorten staunte man über die großartige Verwaltung, über das Organisationstalent und die Korrektheit der Bürger. Lug und Trug gab es anderswo, Korruption auch. Und wenn irgendwo irgendetwas nicht funktionierte, dann doch nur in den südlichen Staaten, weit weg. Made in Germany galt als zuverlässiges Markenzeichen, wenngleich das „Made in Western-Germany", wie es bis zur Wiedervereinigung gang und gäbe war, einen noch viel besseren Klang hatte. Deutsche Wertarbeit und deutsche Ingenieurskunst galten als unübertroffen.

Doch es begab sich zu einer Zeit, als man damit begann, vermeintlich alte Zöpfe abzuschneiden und die Kinder allmorgendlich in den Kindergärten fragte, wie sie denn ihren Tag zu gestalten gedachten. Bei Stuhlkreisen wurde ausdiskutiert, was die Kleinen gerne hätten. Und auch in den Schulen gewannen die Schüler mehr und mehr Einfluss, so dass über die Lehrer alsbald eine Flut anwaltlicher Schreiben von Eltern hereinbrach, die im Nachsitzen ihrer Sprösslinge juristisch eine Freiheitsberaubung sahen.

In den Universitäten war eine Elite herangereift, die bisweilen ihre konservativen Professoren intellektuell übertrumpft zu haben schien, hatten doch viele dieser „alten Säcke" in den 30er oder 40er Jahren studiert. Kein Wunder, dass Pädagogen, die man in den 50er- und frühen 60er Jahren auf meine Generation losließ, noch ziemlich autoritäre Knochen waren, die bisweilen mit Ohrfeigen und Rutenhieben in der Grundschule wüteten und für Zucht und Ordnung sorgten. Und dass sie den Geschichts- und Gemeinschaftskundeunterricht mit dem Ersten Weltkrieg hatten ausklingen und ihn erst wieder mit der Ausarbeitung des Grundgesetzes der Bundesrepublik einsetzten lassen dürfen, das schien wohl manchem Lehrer ob dessen eigener politischen Vergangenheit sehr entgegen zu kommen. Allzu leicht hätte er vielleicht einen falschen oder gar verräterischen Zungenschlag geben können. Dass da im Geschichtsunterricht eine Lücke in der Chronologie klaffte, wurde vielen Schülern von uns erst später bewusst. Gerne erinnere ich mich heute, mit dem Abstand von vielen Jahrzehnten, an einen Lehrer, der mir damals ob seines forschen und autoritären Vorgehens nie sonderlich sympathisch gewesen war - doch er sagte etwas, das mir als Schüler fremd erschien, das aber heute so aktuell wie nie zuvor ist: er warnte vor den Chinesen, die eines Tages mächtiger und größer sein würden wie wir. Wir lachten damals über die Chinesen, die in unseren Augen rückständig und vor allem weit weg waren.

Nun aber hat sich alles geändert. Die Welt wurde schneller als gedacht ein globales Dorf - und die Studenten von damals saßen heute in Firmenzentralen, Verwaltungen und in der Politik. Jene Kinder also, die nach diesen Lehrern in eine aufkommende Phase der Antiautorität geraten sind. Von einem Extrem sozusagen ins andere.

Warum ich das so kurz umreiße? Weil man die Gegenwart nur versteht, wenn man die Vergangenheit kennt. Nein, ich will mich nicht in sozialkritische Anmerkungen verstricken. Aber bisweilen beschleicht mich das seltsame Gefühl, das Land gerate völlig aus den Fugen. Man weiß abends bei den Fernsehnachrichten nicht mehr so recht, ob das noch die Tagesthemen oder das „heute-journal" ist oder ob man gerade den Anfang einer Satiresendung von Dieter Nuhr, Olaf Welke oder gar von Jan Böhmermann verpasst hat. Vieles, was in den Nachrichten verlautbart wird, könnten Satiriker nicht besser erfinden. Insbesondere die Corona-Pandemie hat uns dies auf dramatische Weise vor Augen geführt. Politiker, die man bis dahin kraft ihres Amtes als Minister für Fachleute ihres Bereichs gehalten hatte, entpuppten sich plötzlich als Dilettanten und Schönschwätzer. Mit einem Mal wurde dem Volke bewusst, dass nicht Qualifikation zu einem Ministeramt befähigte, sondern die parteipolitische Zugehörigkeit oder - noch besser - das Geschlecht. Ein Bankangestellter konnte Gesundheitsminister sein und eine Dame, die von sich behauptete, Völkerkunde studiert zu haben, sich als Kanzlerin und dann fürs Außenamt prädestiniert fühlen. Nachdem es mit dem Kanzleramt nicht geklappt hatte, wurde sie flugs zur Außenministerin ernannt. Und da geschah das Unerwartete, das meiner Ansicht nach beweist, dass manchmal in Menschen viel mehr steckte, als man ihnen zugetraut hätte. Dann muss man auch so ehrlich sein und dies zugeben.

Es geht aber auch anders herum: Nicht jeder, auf den man große Hoffnungen gesetzt hatte, ist zu Großem befähigt (wobei auch die weibliche Form gemeint ist). Denken Sie nur an das Verwirrspiel um die Energiepreise, als man den Endruck gewinnen musste, nicht das Wohl der Bürger stehe im Vordergrund, sondern der Macht-Erhalt der Regierungsampel.

Eine seltene Ausnahme bei der Neu-Besetzung der Ministerämter hat sich Ende 2021 beim Posten des Gesundheitsministers gezeigt: das Amt wurde nach langem Zögern an einen Fachmann vergeben - an Karl Lauterbach. Beinahe, so schien es, wäre dieses Amt dem Geschlechterproporz zum Opfer gefallen, zumal Lauterbach nicht gerade ein rhetorisches Genie ist. Seine wissenschaftlichen Ausführungen über Studien brachte er meist so schnell zu Gehör, dass er die eine oder andere Silbe im Eifer des Gefechts verschluckte. Fürwahr keine Voraussetzung für ein politisches Amt, wo doch nur geschliffene Schwätzer es zu etwas bringen. Schwätzer und weiblich, möglichst mit Doppel-Namen, Typ Wichtigtuerin.

Verzeihen Sie, verehrte Leserinnen. ich gestehe, auch bei der Auswahl der Männer ist dies ähnlich: Unzählige Schwätzer. Nichtwissen wird durch arrogantes Auftreten übertüncht.

Und dies nicht nur in der Politik. Ich bin mir sicher, dass es solche Chefs in der freien Wirtschaft zuhauf gibt. Überwiegend dort übrigens, wo's mit dem Unternehmen allmählich bergab geht.

Mag daraus auch resultieren, dass hierzulande immer seltener innovative Entwicklungen erfolgen. Längst haben uns die USA und das einst belächelte China den Rang abgelaufen. Okay, mangels Interesses am eigenen Betrieb - oder aus Frust am undurchsichtigen Steuersystem - haben sich viele deutsche Unternehmer inzwischen ihre Firma von ausländischen Käufern versilbern lassen.

Nach außen hin werden solche „Ausverkäufe" meist medienwirksam dargestellt. Wie die Journalisten auf entsprechende Statements hereinfallen, habe ich selbst mehrfach aus eigener Anschauung erlebt. Ja, auch ich habe als Journalist einstens gejubelt, wenn Amerikaner oder Engländer, Franzosen oder Chinesen in einen einheimischen Betrieb investiert haben. Das sei zukunftsträchtig, lobten dann sogar Gewerkschafter. Was ich mittlerweile weiß: Kaum ein Unternehmen, über deren ausländische Investoren auch ich einst geschrieben habe, existiert noch. Mit dem Einstieg eines Fremden lässt sich - rückblickend betrachtet - der langsame, aber wohl geplante Niedergang markieren. Meist geht es den Geldgebern doch nur um einen prestigeträchtigen Firmen- oder Markennamen. Oder ums Ausschalten eines Konkurrenten. Chinesen investieren übrigens nicht nur in große Konzerne sondern sogar in kleine Familienbetriebe, die vor dem Konkurs stehen. Warum Chinesen auch ausgerechnet in eine klamme deutsche Kleinbrauerei Geld „geschossen" haben, darüber rätsle ich noch immer.

Vielleicht ist der „Augsburger Puppenkiste" Unrecht getan, wenn ich das, was in Deutschland in diesen Zeiten abgeht, mit diesem Theater vergleiche. Aber manches, was so geschieht, erinnert zumindest an ein Kasperltheater. Und da ist es völlig egal, durch welche parteipolitische Brille man es betrachtet. Aber wer nicht mit dem angeblich so großen Ganzen konform geht - das wir dummen Bürger sowieso nicht verstehen -, der wird als Stammtischschwätzer verunglimpft.

Aber wie sonst soll man über das Chaos und das Wirrwarr denken, das zur Jahreswende 2019/20 begonnen hat und dessen Ende - leider - noch nicht abzusehen ist. Zumal sich viel Unvorhergesehenes dazu gesellt hat und eine neu gewählte Regierung sozusagen ins eiskalte Wasser geworfen wurde. Rückblick: Als Corona auftauchte, wodurch und wo auch immer, da galten Masken zum Schutz vor Ansteckung als sinnlos. Wenig später änderte sich die politische Meinung dazu - und schnell wurden sie zuhauf bestellt. Jedoch die falschen und dazu noch überteuert. Bürokraten in den Ministerien waren auf Schwindler und Briefkastenfirmen hereingefallen. Einige Politiker vermittelten offenbar zweifelhafte Maskendeals, um selbst mal ein bisschen Provision einzusacken. Zwar wohl nur ein paar Cent pro Maske, ganz wenig also. Richtig bescheiden. Doch bei ein paar Millionen Masken kann sich das halt zwangsläufig summieren. Zum Nachrechnen: Eine Million Cent sind schon mal 10 000 Euro.

Eine Politikerin, die einst bei der Bundeswehr nicht gerade innovative militärische Entscheidungen getroffen hatte, war nach „Europa" abgeschoben worden und sollte dort für den halben Kontinent die Impfstoff-Beschaffung koordinieren. Mit sehr mäßigem Erfolg - um es ganz vorsichtig und diplomatisch auszudrücken. Denn irgendwie versickerte das begehrte Vakzin irgendwo, wurde umgeleitet oder anderswo geliefert - halt nicht in Deutschland. Mal

war die eine Sorte priorisiert, mal die andere ausge-
gangen. Mal sollten die Alten, dann wieder die Jüngeren geimpft werden. Nein, es ist ein Gerücht, dass
man die über 70-Jährigen nur bei zunehmendem
Mond impfen sollte, die Jüngeren hingegen bei ab-
nehmendem, aber nur, wenn der Monatsletzte auf
einen Sonntag fiel.
Es gab Impfzentren und Impfstützpunkte, wo man
sich online anmelden musste, aber nicht ohne Au-
thentifizierung mit einem Code aufs Smartphone,
was insbesondere die Riege Ü 70 selbstverständlich
„bestens" beherrschte. Um angesichts fehlenden
Impfstoffs den Andrang in Grenzen zu halten, ent-
wickelten findige Bürokraten komplizierte Online-
Formulare. Doch wer in einem der vielen Täler der
Ahnungslosen wohnte, wo es in dem hochentwickel-
ten Land gar kein Internet gab, holte sich bei einer
telefonischen Hotline ob der Dauermusikschleife
heiße Ohren.
Die Medien verbreiteten täglich neue Horrormel-
dungen von überlasteten Gesundheitsämtern, deren
Faxgeräte (vor 20 Jahren günstig bei Aldi erwor-
ben) mit verklemmten Blättern oder fehlendem Toner zu kämpfen hatten. Und dort, wohin die Erfindung der E-Mail tatsächlich schon durchgedrungen
war, ging man dazu über, sie auszudrucken und per
gelber Post zu verschicken. Statistiken über Krank-
heitsfälle unterlagen dem Zufallsprinzip - und später
wurde die Zahl der Geimpften mangels korrekter
Unterlagen sogar „hochgerechnet". Wie Wahlergeb-
nisse am Wahlabend.

Ein sogenannter Lockdown legte das öffentliche Leben über Wochen hinweg lahm, um das Virus einzu-
dämmen. Aber die Ausnahmen waren kompliziert,
zumal insbesondere Verkaufsstellen von Toilettenpapier offen bleiben mussten. Textilgeschäfte verkauften Nudeln, um als Lebensmittelhändler und somit „systemrelevant" zu gelten.

Auf unerklärliche Weise war jedoch Toilettenpapier
mehr gefragt als alles andere. Vermutlich hatte die
Bevölkerung begriffen, dass es gar nicht mal so
schlecht wäre, sich mit Hamsterkäufen einzudecken
- und zwar allein schon angesichts des Geschehens,
das fäkalsprachlich nach jenem unappetitlichen Ob-
jekt benannt wurde, wozu man üblicherweise Toilettenpapier braucht.

Doch als der Sommer kam und die Menschen glaubten, das Virus-Gespenst vertrieben zu haben, be-
klagten die Experten in den Talk-Shows, dass eine
neue Welle heran rollen werde. Nicht nur eine, sondern gar eine zweite und eine dritte. Und vierte.
Und Mutanten zuhauf.

Unterdessen richteten die Politiker nahezu aller
Couleur ihr Augenmerk auf etwas viel Wichtigeres:
die einen suchten einen neuen Vorsitzenden, einige
andere einen Kanzler. Da blieb verständlicherweise
keine Zeit für so etwas Banales wie das Virus.

Außerdem drängten die Fußballer darauf, endlich
wieder in vollen Stadien kicken zu dürfen. Gewiss
machten auch Sponsoren und private Fernsehsender
Druck, denn die Werbebotschaften an den Spiel-

feld-Banden drohten ungesehen zu verblassen und die Einnahmen für die Sender zu versiegen.

Und die Politik suchte verzweifelt nach einer Ablenkung fürs Volk. Nicht auszudenken, kämen auch noch frustrierte Fußballfans aus Langeweile auf die Idee, sich um Politik zu kümmern. Anstatt diese sich den sogenannten Querdenkern anschließen zu lassen, die nichts von Impfen und Pandemie hielten und irgendwelchen verschwurbelten Verschwörungstheorien huldigten, war es auf jeden Fall besser, diese Leute wieder zu Fußballspielen in Stadien oder vor die Fernseher zu locken. Ähnlich erfolgreich waren schließlich auch schon die Römer, die in ihren Arenen dem Volke Spiele boten, um sie auf keine dummen Gedanken kommen zu lassen. Ist es da ein Zufall, dass heutige Fußballstadien auch so heißen? Das heiligste davon ist sicher die Allianz-Arena in München.

Dann aber nahte eine neuerliche Welle, die wievielte, mag man schon gar nicht mehr sagen. Jedenfalls war sie angesagt und angedroht. Und sie kam.
Doch im Kampfgetöse der Bundestagswahl waren die Menschen auf anderes fixiert, hatte doch einer der Kanzler-Kandidaten dummerweise zur falschen Zeit gelächelt und an einem Hochwasser-Katastrophenort als rheinische Frohnatur, die er war, so getan, als würde man ihm gleich eine Narrenkapp aufsetzen und einen Karnevalsorden umhängen. Schade, dass das Volk bei der Wahl das Potenzial nicht erkannt hat, dass in diesem Mann steckte. Er wäre als eine Art Narrenpräsident der richtige Kanzler zur rich-

tigen Zeit gewesen. Umgeben von einem eingespielten Elferrat, von Hofnarren und Büttenrednern, unter denen sich gewiss der beleibte Wirtschaftsminister hervorgetan hätte, dessen Behauptung, die Pandemie würde keinen einzigen Arbeitsplatz kosten, jedem Till Eulenspiegel in der Bütt zur Ehre gereicht hätte.

Aber Undank ist des Wählers Lohn. Der Kandidat vom Regierungssitz in der rheinischen Karnevalshochburg Düsseldorf wurde verschmäht. Ein Kühler aus dem Norden setzte sich durch.

Das Corona-Hick-Hack zwischen Bundesländern und Bundesregierung ging in eine neue Runde. Was beschlossen wurde, war vermutlich nicht einmal jenen klar, die daran beteiligt waren. Wann was und warum geschlossen bleiben musste, konnten nur jene aus den seitenlangen Verordnungen herauslesen, die mehrere Semester Jura studiert hatten. Wer auf den Hompages von Landkreisen und Landesregierung recherchierte, wurde auf Fußnoten, auf andere Gesetzestexte, auf vorausgegangene, mittlerweile wieder geänderte Verordnungen verwiesen - so dass zwangsläufig die Frage im Raum stand: was gilt jetzt?

Eine neue Regelung war geboren: Drei oder zwei G plus. Plus? Ja, sogar wer schon zweimal geimpft war und bereits eine dritte Spritze nachweisen konnte, sollte trotzdem vor einem Gaststätten-Besuch einen Schnelltest machen lassen. Wie bitte? Traut die Politik der Wirkung des Impfstoff womöglich nicht mehr?

Gastwirte waren hell entsetzt. Welcher Gast würde schon jedes Mal einen Test über sich ergehen lassen - mit langen Wartezeiten womöglich? Das würde doch wieder die komplette Schließung der Gastronomie bedeuten.

Es darf geargwöhnt werden, dass man im Eifer des Gefechts vergessen hatte, jene Menschen, die schon die dritte Impfung („Boostern" genannt) nachweisen konnten, von dem Test zu befreien. Ich erwähne dies nur, um das Wirrwarr darzustellen, mit dem man noch weitere Seiten füllen könnte.

Mein Fazit: das Land der Organisatoren, das Land, in dem 1886 der Leitzordner samt Locher erfunden wurde, vielleicht sogar die Lochverstärkungsringe - genau dieses Land hat in der Pandemie einen herben Rückschlag erlitten. Plötzlich lacht das Ausland, denn dass sich diese Deutschen in ihrer eigenen Bürokratie, in ihrem eigenen Verwaltungs- und Behördenkram nicht mehr zurechtfinden würden, hätte wohl niemand für möglich gehalten. Mit einem mal schien es, als seien überall völlig überforderte Personen zugange, vor allem aber Dilettanten, vielleicht auch - man möge mir diesen harten Ausdruck verzeihen - schlichtweg Dummköpfe. Vermutlich rächte es sich jetzt, dass viele Posten nicht nach Qualifikation besetzt wurden, sondern nach der Art, wie sich jemand in höchste Ämter hochschwätzen konnte. Oder weil viele Personen von ihren bisherigen Posten wegen fehlender Kompetenz „weggelobt" wurden und dann immer weiter aufgestiegen sind. Weil sie nirgendwo zu etwas taugten. Und überall dort, wo sie bisher ihr Unwesen getrieben hatten, atmete man erleichtert auf.

Wie sonst ist zu erklären, dass in Chefetagen oft nur egoistisch gehandelt wird und man das Umfeld der Mitarbeiter vernachlässigt und die Stimmung verkommen lässt?

Und man jene, die unter der mangelnden Führungskompetenz des Chefs zu leiden hatten, natürlich nicht fragt.

Ihnen und auch dem Volke bleibt nichts anderes übrig, als sich stets so zu benehmen, wie ein altes Sprichwort ihnen seit Kindheitstagen suggeriert, dass nämlich der Klügere stets nachgeben soll. Aber, bedenken Sie bitte: wenn immer und überall der Klügere nachgibt, dann werden wir Klugen alsbald von den Dummen beherrscht. Oder?

Bei allem Negativen, was uns die Pandemie beschert hat, bleibt etwas Positives - auch wenn dieses Wort im Zusammenhang mit der Pandemie einen negativen Touch gekriegt hat. Positiv war nämlich, dass nicht auch noch das nervtötende „Gendern" bei Corona eine tragende Rolle spielte. Wie froh war ich doch, dass es nicht (maskulin) „der Virus" heißt, wie bis dahin oft geschrieben oder gesagt wurde, sondern „das Virus". Gott sei Dank geschlechtsneutral.

Alles kann schnell anders sein

Aber die schnell-lebige Zeit hat dann „das Virus" auf traurige Weise blitzartig von der ersten Stelle der Nachrichten verdrängt. Und plötzlich ist uns allen klar geworden, wie fragil und zerbrechlich unser oftmals bemängeltes System sein kann: wenn sich ein wilder Russe als mittelalterlicher Eroberer aufspielt - und alle Vorurteile bestätigt, die meine Oma in den 50er Jahren geschürt hat. Dass man sich vor den Russen fürchten müsse. Heute, nach einigen lange zurückliegenden Reisen nach Russland möchte ich es trotz allem differenzierter formulieren: Fürchten muss man sich vor verblendeten, militärisch größenwahnsinnigen Russen. Nicht vor dem ganzen Volke. Aber leider werden vielerorts Verrückte und Irre nach oben gespült, die dann auch noch genügend Vasallen um sich scharen können. Man ist geneigt zu sagen: fahrt' zur Hölle. Aber wird sind ja christlich-zivilisiert und sagen: Gott bewahre uns davor!

Wenn wir ganz ehrlich sind, müssen wir zugeben, bisweilen auf hohem Niveau zu jammern. Natürlich gibt es Missstände: wenn jemand mit seinem Job seinen Lebensunterhalt nicht bezahlen kann, deshalb eine zweite oder gar dritte Arbeitsstelle annehmen muss - und dann auch noch für seine wenigen, zusätzlich verdienten Euros vom Finanzamt geschröpft wird. Oder wenn Alleinerziehende jeden Euro zusammenkratzen müssen - während andererseits die Inflation davon läuft. Und die Renten mit den Preiserhöhungen nicht mehr Schritt halten. Und wenn Pflegebedürftige nicht die erforderliche Hinwendung erfahren, weil's überall nur ums Geld geht und Betriebswirtschaftler schalten und walten, wie's ihnen gerade passt.

In jüngster Zeit haben die Energiepreise zu einem nie gekannten Höhenflug angesetzt. Immerhin war von einem politisch erhofften „Rabatt" an der Tankstelle die Rede gewesen. Wie bitte? Rabatt? Womöglich mit Rabattmarken, die man in ein Heftchen reinkleben soll? Das Münchner Institut für Wirtschaftsforschung, besser bekannt unter dem Kürzel IFO, hat gar verlautbaren lassen, man könne doch sozial schwachen Autofahrern einen Kredit aufs Benzin gewähren. Was wäre denn das wieder für ein Bürokratie-Monster geworden? Zuerst zur Bank, einen Kreditvertrag abschließen, dann zur Tankstelle. Slogan: „Vor dem Tanken zu den Banken!" Ja, ganz ehrlich: mit welch abstrusen Ideen man heutzutage in die Nachrichtensendungen kommt, ist fast schon beängstigend.
Kein Wunder, dass manche Leute ob derartiger Horror-Meldungen bereits das Hamstern angefangen haben. Aber zum Glück gib's ja die Supermärkte, deren Regale meist schnell wieder gefüllt werden.

Von gefüllten Supermärkten konnten die Menschen in der „sowjetisch besetzten Zone" (so nannte man

die DDR früher) nur träumen. Wenn man den Mauer-
fall im November 1989 und die elf Monate später
erfolgte Wiedervereinigung als Zeitenwende bezeichnet, dann fällt einem erst rückwirkend auf, was
sich seither alles getan hat. Die revolutionärste Erfindung, so meine ich, war das Handy. Etwas, das ich
mir schon im frühesten Jugendalter gewünscht hatte. Was allerdings erst möglich wurde - so hab ich
mir das mal erklären lassen -, als die Militärs mit
Ende des sogenannten Kalten Krieges einige Funk-
frequenzen freigegeben haben. Bereits Mitte der
90er Jahre wurde damit rumlaboriert - unter dem
sperrigen Namen „öffentlich-beweglicher Landfunk."
So erklärte mir das damalige Fernmeldeamt, weshalb
auf einem Wasserturm plötzlich eine riesige Anten-
nenanlage errichtet worden war. Dies sei Bestandteil
eines Tests für diesen „Landfunk". Womöglich was
ganz Geheimes. Vorstellen konnte ich mir nichts
darunter. Allerdings hätte ich es ahnen können. Bei
einer Pressekonferenz des Fernmeldeamts (so hieß
die Telekom damals noch) hatte es geheißen, dass
sich „irgendwann" das Autotelefon durchsetzen
werde. Dies hatte es bereits gegeben, die Monats-
gebühr jedoch astronomisch. Und umständlich: um
jemanden unterwegs anrufen zu können, musste man
wissen, in welchem Vorwahl-Gebiet sich der Teil-
nehmer gerade aufhielt.
Mir war damals sofort klar, dass sich derlei Technik,
dazu noch mit hohen Gebühren, niemals in der brei-
ten Bevölkerung würde durchsetzen können.

Doch dann ging's schnell. Bald hatte ein Freund von mir ein erstes mobiles Telefon. Während einer Wanderung tätigte er viele Anrufe, insbesondere vor den Augen staunender Menschen. Schell standen wir auf diese Weise im Mittelpunkt des Interesses. Dies dürfte so Mitte der 90er Jahre gewesen sein. Mein erstes Nokia - man sagte auch ob dessen seltsamer klobigen Form wegen „Knochen" zu ihm - meldete ich 1997 an. Und war erschrocken, als auf dem winzigen Display plötzlich eine Textnachricht auftauchte. Ein Kollege hatte mir unangekündigt eine sms geschickt. Dass es so etwas gab, war mir bis dahin völlig fremd gewesen. Und meine erste Frage lautete, schwäbisch halt: „Was koscht des?" Inzwischen, das ist ja allseits bekannt, wurde die sms längt von „WhatsApp" abgelöst. So schnell kommen Techniken und verschwinden wieder.

Die Technik hat uns in den vergangenen 30 Jahre geradezu überrollt. Wer da bildlich gesprochen den Anschluss verloren hat, ist wortwörtlich abgehängt - ohne Anschluss.
Internet gehört heute so zum Standard, wie vor 30 Jahren ein Festnetz-Telefonanschluss. Damals lautete oft die Frage: Haben Sie Telefon? Heute fragt man: Wie lautet Ihre Email-Adresse?

Das große Klicken

Klicken Sie hier, klicken Sie da. Scrollen Sie rauf, scrollen Sie runter. Und notieren Sie die Email-Adresse. Diskutieren Sie bei Facebook mit. Unter „www.blablabla" gibt es sogar noch mehr Infos. Und Eintrittskarten oder Online-Termine. Alles ganz easy. Verzeihung: gemeint ist natürlich „einfach". Klarer Fall. Jeder hat daheim einen Computer, zumindest ein Smartphone oder Tablet - und kann dies auch locker bedienen. Mal abgesehen davon, dass es im digitalen Steinzeitland Deutschland von Funklöchern nur so wimmelt und dass das Versenden von Schriftsätzen per Internet vielerorts langsamer vonstatten geht, als ein Brief zu Zeiten der Postkutschen, so wird inzwischen wie selbstverständlich erwartet, dass jeder Bürger (gemeint sind damit traditionell auch die weiblichen) mit der Funktion eines Computers vertraut ist.
Und wer diesen nicht bedienen kann, hat die moderne Zeit buchstäblich verschlafen - und sich selbst ausgegrenzt. Man könnte auch sagen: den gibt's gar nicht. Insofern stimmt der Begriff von der „gespaltenen Gesellschaft" zweifelsohne. Es gibt die Digitalen und die Analogen.
Wenn man derzeit so viel von Diskriminierung spricht, dann sollte diese digitale Ausgrenzung vieler analoger Menschen nicht ignoriert werden. Eine Art

von Rassismus: einerseits die wirless- und bluetooth-Losen (oder sagt man eher „Looser"), andererseits die total „Inter-vernetzten" mit ihrem Herrschaftswissen, die ihre flinken Finger geheimnisvoll über die Tastatur fliegen lassen und sich durch eine Welt klicken, die nur ihnen zu gehören scheint - während die Analogen allenfalls bis zum „Error" vordringen oder zum stoischen Hinweis, dass Microsoft einen Fehler festgestellt habe. Bildschirm eingefroren.

Wer nicht Schritt gehalten hat mit der technischen Revolution, die so Mitte der 90er Jahre richtig in Fahrt gekommen ist, steht heute wie der „Ochs vor der Apotheke", wenn es darum geht, hier und da, dort und sonst wo etwas zu erledigen. Selbst die Banken, noch vor kurzem mit prunkvollen Glaspalästen symbolisierend, wo das Geld zuhause ist, haben ihr Personal mancherorts abgezogen, verweisen aufs Homebanking und dudeln einem Anrufer auf der Hotline Musik ins Ohr.

Wer will schon einem ahnungslosen Analogen irgendetwas mühsam erklären? Wie man sich authentifizieren und einen Code anfordern kann, der immerhin noch mit der gelben Schneckenpost eintrudelt, verbunden mit der Aufforderung, ein Feld freizurubbeln. Als sei es ein Los. Die Spalten, in die der Zugangscode auf der Homepage eingetragen werden soll, finden sich erst nach größerem Rätselraten. Ein Passwort soll man erfinden, mit Sonderzeichen und Zahlen und sonst noch was. Vor allem aber: es irgendwo notieren, weil später bei dreimaliger falscher Eingabe der ganze elektronische Krempel gesperrt wird.

Auch wenn man's nicht mit Banken zu tun hat, soll man bei irgendwelchen Internetseiten ein „Konto" anlegen. Allein schon dieser Begriff treibt jedem Analogen den Angstschweiß auf die Stirn. Ein Konto. Alarmglocken im Kopf läuten. Achtung, Abzocke. Erklären Sie mal einem Laien, dass mit „Konto" bisweilen nur ein kostenloses und harmloses Anmelden gemeint ist! Was außerdem gar nicht so leicht zu durchschauen ist.

Wer keinen kennt, der jemanden hat, dessen Freund ein Computerexperte ist, fühlt sich wie in einer anderen Welt. Als habe man ihn in eine andere Galaxy gebeamt, wo eine Sprache gesprochen wird, die für einen Analogen fremder ist das Ärzte-Kauderwelsch, mit dem sich Mediziner wie in einem Geheimbund untereinander verständigen. „Post" meint nicht die Deutsche Post, „Booten" hat nichts mit Booten auf dem See zu tun und ein „Kaltstart" beklagt nicht vergebliches Anlassen des Autos an einem kalten Wintermorgen. „Backup" hat genau so wenig etwas mit „Backen" zu tun, wie ein „Backslash". „CD-Rom" ist kein Stadtführer in Rom. Bei „Copy und Paste" handelt es sich um keine Paste für den Kopierer. Ein „Browser" mag zwar wie ein „Brauser" gesprochen werden, ist aber kein Ersatzteil für die Brause in der Dusche. Und das „Tablet", nun ja, ist alles andere, als zum Servieren von Speisen geeignet. Auch die Taste „Alt" schaltet keinen Senioren-Modus (besonders große Buchstaben und höhere

Lautstärke) ein, ebenso ist sie in Kombination mit „Entfernen" nicht dazu gedacht, Rentner vom Gerät fernzuhalten.

Wer nicht wenigstens einen Bruchteil dieser Geheimsprache versteht und auch vom Englischen keine Ahnung hat, sollte tunlichst keine Hotline anrufen. Denn falls sich dort eine menschliche Stimme meldet - was eher unwahrscheinlich ist - , würde man sich bei dem meist nur gebrochen Deutsch sprechenden „Supporter" (digitaler Hilfsjogi) sehr schnell als blutiger Laie outen (entlarven). Im Geiste hört man ihn schon sagen: „Pass mal auf, Alterchen, zieh den Stecker. Alles andere verstehst du ja doch nicht."

Was waren das doch für clevere Jungs und Mädels, die zu Beginn der Corona-Pandemie die geniale Idee hatten, dass sich über 80-Jährige als Erste zum Impfen anmelden sollten. Terminvergabe, natürlich, online. Viele Senioren haben erst mal entsetzt festgestellt, dass sie dazu mindestens ein Smartphone brauchen - und dass dies, was sie bis dahin hatten, nur ein simples Handy war. Nur zum Telefonieren. Kompliment an die Programmierer der Impf-Internetseite. Ich hätte es nie für möglich gehalten, dass es gelingen würde, so etwas wie das Anmelden zum Impfen derart kompliziert dazustellen. Um sich dies einfallen zu lassen, brauchte es bestimmt zweierlei: entweder einen unbändigen Willen, aller Welt zu zeigen, was für ein toller digitaler Software-Entwickler man ist - oder es bedarf eines völlig wirren Kopfes. Ich neige zu zweiterem.

Ähnliche Mutmaßung ploppt im analogen Gehirn auf, wenn man versucht, Finanzamts-Formulare digital auszufüllen - wozu man ja neuerdings genötigt wird. Aus einem Wust von Anklick-Möglichkeiten wird man mit viel Glück und nach mehrtägiger Suche das passende Formular ausfindig machen. Vorausgesetzt, man hat sich authentifiziert, identifiziert und dabei schon digital blamiert, wird man in dem Irrgarten von Kästchen, Fußnoten, Paragraphen-Verweisen und Beiblättern (die man nirgends entdecken kann) in voller Verzweiflung irgendwelche Zahlen eintippen, die der Algorithmus (ein digital-maschineller Finanzrechner, nicht im Beamtenstatus und nicht besoldet) hoffentlich akzeptiert - weil sie im logisch Denkbaren liegen. Weil man als Laie oft das Falsche anklickt oder reinschreibt und deshalb zu unrecht eine Nachforderung erhält, hat man der Software auch gleich den Namen eines diebischen Vogels verpasst: nämlich Elster. Die Herrschaften beim Finanzministerium, denen dies eingefallen ist, haben wenigstens Humor bewiesen. Oder die Doppeldeutigkeit gar nicht kapiert. Was ich eher für möglich halte.
Denn wer so Online-Formulare wie fürs „Elstern" ersinnt, muss eine ganz eigene Denkweise haben - um es vorsichtig auszudrücken.
Die absolute Krönung ist - zumindest in Baden-Württemberg - die 2022 angezettelte Pflicht zur Abgabe der Grundsteuer-Daten. Über „Elster". Ein bürokratisches „Meisterwerk", das ich gerne als Arbeitsbeschaffungsmaßnahme für unzählige gelangweilte Bürokraten bezeichnen möchte. Denn alles,

was da abgefragt wird, ist längst irgendwo regis-
triert und den Behörden bekannt: Größe und Lage
des Grundstücks, Eigentumsverhältnisse und selbst
der Bodenrichtwert, den man sinnigerweise auf dem
Homepages von Kommune oder Landkreis abrufen
kann. Wozu also das nervtötende Kasperltheater mit
dieser Datenerhebung? Okay, die Menschen werden
stundenlang damit beschäftigt und von anderen Dingen abgelenkt. Und in den Verwaltungspalästen werden Bürokraten mit Prüfen und Vergleichen in Lohn
und Brot gesetzt. Ist ja auch etwas...

Mögen jüngere Leute in die digitale Welt hineinleben
(bleibt ihnen auch nichts anderes übrig), so schwin-
det mit zunehmendem Alter das Vertrauen in alles,
was mit Hotline und „Support" zu tun hat. Man mut-
maßt sogar, dass die freundliche Automatenstimme,
wonach man sich über den Anruf freue und man nur
„einen kurzen Moment" warten solle, um zum nächsten freien Mitarbeiter verbunden zu werden - dass
diese Stimme derart lügt, dass sich die Drähte und
Sendemasten biegen. Man darf durchaus argwöhnen,
dass es manche Hotline gar nicht gibt. Oder dass
der „Mitarbeiter", der in der Zentralen Mongolei
oder auf einer Südseeinsel sitzt, gerade eine Siesta
hält. Bei der Zeitverschiebung natürlich voll verständlich.
Würden die Musikstücke, die unablässig in Dauer-
schleife ins Ohr dröhnen, nach Download-Streaming-
Klicks bewertet, würde mancher Titel längst in den

globalen Hitparaden-Charts auf Platz Nummer eins stehen. Man kann ja das Telefon auch auf Lautsprecher stellen und dazu tanzen. Ich jedenfalls wünsche den Komponisten dieser Warteschleifenmusik von Herzen, dass sie über die GEMA auch anständig honoriert werden.

Eigentlich toll, wie man bei Fernsehsendungen „mitdiskutieren" kann. Über Facebook oder andere soziale Netzwerke. Wer ein Tausendsassa ist und während des Fernsehguckens auch noch Texte versenden kann, darf gerne seine Meinung übermitteln. Das machen Hunderttausende - doch vorgelesen wird meist nur ein halbes Dutzend.

Und wer möchte sich nicht schon während eines spannenden Fußballspiels zusätzliche Infos per Mausklick einholen? Über Spieler, deren Vorlieben, Gehälter, über Statistiken und den Lebenslauf der Schiedsrichter? Und wer fällt auf den Trick herein, sich an einem Gewinnspiel zu beteiligen, dessen Stichwort einem mehrmals vorgesagt wird? Tausende von Euro könne man gewinnen. Mag sein, aber „eingespielt" wird das Geld von den vielen Anrufern, die über eine gebührenpflichtige Nummer zuhauf das Stichwort vorlabern. Das böse Erwachen kommt mit der nächsten Telefon-Rechnung. Gewinnspiele dieser Art (mit läppischen Fragen) sind längst weit verbreitet. Nicht nur im Fernsehen, auch in Zeitungen.

Ganz toll ist es, wenn Sie am Wochenende einen Handwerker brauchen, weil mitten im eiskalten Winter an Weihnachten die Heizung streikt. Denn bei

der Firma, die sich bei der Installation einst als kompetent und verantwortungsbewusst dargestellt hat, teilt ein Anrufbeantworter mit, dass man „derzeit nicht erreichbar sei." Das hilft weiter, wenn man bibbernd in der eiskalten Wohnung sitzt und befürchten muss, die Heizungsrohre könnten einfrieren. Mag es ja einzelne Branchen geben, die einen Notdienst haben - bei einigen Handwerksbranchen scheint man sich dieser Verantwortung aber nicht bewusst zu sein. Ich will ja keine einseitige Werbung machen, aber bei einem bestimmten Heizungssystem klappt das wie am Schnürchen. Beim Gas. Aber da friert ja schließlich auch nix ein. Trotzdem ist Eile angesagt. Vor allem, wenn's merkwürdig riecht. Dann könnte das Warten in der Telefonschleife ein vorzeitiges, abruptes Ende haben...
Achja, eines darf man nicht vergessen: Eine Menge Gas kommt aus Landstrichen, die's mit Demokratie und Anstand nicht so genau nehmen. Dass sich Deutschland bei der Energie derart vom Ausland abhängig gemacht hat, wie wir alle erkennen müssen, will ich lieber nicht kommentieren. Da fehlen einem die Worte. Zumindest die feinen Worte...

NOVEMBER

Lange Herbstabende. Es geht auf den Winter zu. Ein bisschen Gruseln darf sein. Auch wenn der Brauch, zu Halloween gingen Gespenster um, vor ein paar Jahren aus den USA und Irland zu uns herüber geschwappt ist. So richtig Fuß gefasst hat er aber nicht, dieser ursprünglich keltische Brauch. Der Hype ist abgeklungen - wie allein schon das mager gewordene Deko-Angebot einschlägiger Geschäft zeigt. Skelette, spukhafte Masken und allerlei sonstig Grauenhaftes waren wohl nur der - glücklicherweise - weitgehend gescheiterte Versuch, christliche Feiertage karnevalistisch aufzubereiten. Allerheiligen und das gleich folgende Allerseelen sind kein Grund, eine Party zu feiern. Obwohl die katholischen Gläubigen traditionell am Nachmittag von Allerheiligen die Gräber ihrer verstorbenen Angehörigen besuchen, stehen eigentlich alle Heiligen im Mittelpunkt - insbesondere jene, denen sonst im Jahreslauf kein Gedenktag gewidmet ist. Außerdem wird aller Christen gedacht, die - so hat es mir mal ein Pfarrer erklärt - „das Ziel ihres Lebens und ihres Glaubens erreicht haben, nämlich bei Gott zu sein." Der allgemeine Totengedenktag ist für die Katholiken erst der 2. November, nämlich „Allerseelen". Weil dies jedoch kein offizieller Feiertag ist, findet die Gedächtnisfeier am vorherigen Nachmittag statt.

Die evangelische Kirche begeht am 31. Oktober ihren Reformationstag. An diesem Tag des Jahres
1517 soll Martin Luther seine 95 Thesen an die Tür
der Schlosskirche von Wittenberg genagelt haben.
Dies sei mal klargestellt, damit niemand dem Irrtum
unterliegt, dass „Halloween" gefeiert werden müsse.
Ein bisschen nachdenklich dürfen die oftmals nebligen Novembertage jedoch durchaus stimmen.

Nachdenklich stimmen diese Novembertage schon.
Und mit dem Gedenken an Verstorbene verbindet
sich auch manches, was diese zu Lebzeiten oder
noch kurz vor ihrem Tod einmal gesagt haben. Manches mag im Nachhinein mystisch und unerklärlich
klingen - und vielleicht sogar Trost spenden, weil
man aus einigen Worten auf etwas jenseits der Zeit
schließen könnte.

Sind sie überall?

„Sie sind überall", hatte die Großmutter schon
vor Jahrzehnten gesagt. Zwar hatte Laura diese
Worte noch immer im Kopf, aber jetzt, da sie diesen
tröstenden Satz am ehesten gebraucht hätte, hatte
sie ihn nicht mehr im Ohr. Nicht jetzt, wo sie es
gerade eilig hatte. Viel zu schnell war an diesem

Vormittag die Zeit vergangen - und nun kam's auf jede Minute an. Wenn es nachher auf der Straße noch einen Stau gab, wenn jede Ampel rot war und man wieder irgendwo eine sinnlose Baustelle eingerichtet hatte, dann würde sie hoffnungslos zu spät kommen.

Ausgerechnet jetzt war er nicht am üblichen Ort - der Autoschlüssel. Wieder einmal. Weder in der geräumigen Handtasche noch in einer Jacke oder in einer Hose. Einfach weg. Und der Zeiger der Uhr schien sich plötzlich noch viel schneller zu drehen. Es war schier unmöglich, noch rechtzeitig zu dem Termin zu kommen.

So sehr sie sich auch anstrengte - es wollte ihr einfach nicht einfallen, wohin sie den Autoschlüssel zuletzt gelegt hatte. Von wo war sie zuletzt gekommen, wohin war sie dann in der Wohnung gegangen? Die Anspannung stieg von Sekunde zu Sekunde. Fast ins Panische. Ein klarer Gedanke war unter diesen Voraussetzungen nicht mehr möglich. Jegliche Logik schien blockiert zu sein. Jemand hatte einmal empfohlen, in solchen Situationen innezuhalten und durchzuatmen. Aber wie sollte dies jetzt funktionieren? Was nützte innehalten und durchatmen? Wahrscheinlich hatten ihre Augen während der hektischen Suche den Schlüssel schon einige Male gestreift, aber ihn gar nicht wahrgenommen. Sie war gar nicht mehr in der Lage, sich auf etwas zu konzentrieren. Ihr Tunnelblick glitt an allem vorbei, ohne noch Details zu erkennen.

Schubladen auf, Schubladen zu. Im Kleiderschrank sämtliche Hosen- und Innentaschen abgetastet. Auch die Handtasche von gestern ausgeräumt. Nichts.

Und dann war er plötzlich da - der Autoschlüssel. Beim Ablegen auf dem Schränkchen hinter eine Vase gerutscht. Das kleine Mäppchen, in dem er steckte, war dunkelbraun und schien sich zu verstecken. Warum hatte sie das nicht gleich gesehen?

 Laura griff hektisch danach, erkannte beim schnellen Blick auf die Uhr, dass sie fünf Minuten verloren hatte. Fünf Minuten. Wenn es keine allzu großen Hindernisse auf der Straße gab, würde sie es noch schaffen. Sie hastete zum Auto, das vor dem Haus parkte, warf ihre Handtasche auf den Beifahrersitz und startete den Motor. Ohne die 30-km/h-Zone im Wohngebiet zu beachten, ließ sie den Wagen zur Hauptstraße rollen, wo sie außerhalb der Ortschaft endlich kräftig Gas geben konnte. Unterdessen zuckte die digitale Zeitanzeige im Armaturenbrett bedrohlich schnell von einer Minute zur anderen. Zwei Ortschaften hatte sie bereits in der Hoffnung, nicht geblitzt zu werden, hinter sich gebracht, als ein kurviges Straßenstück vor ihr lag. Sie kannte die Strecke in- und auswendig, war sie doch fast täglich hier unterwegs. Wenn jetzt kein schläfriger Spaziergenfahrer vor ihr her trödelte, konnte sie kräftig beschleunigen und die verloren geglaubte Zeit auch wieder aufholen.

Dann jedoch tauchten um die nächste Kurve tatsächlich die Rücklichter eines langsamen Autos auf. Noch war es einige hundert Meter entfernt, doch an ein Überholen war hier nicht zu denken. Außerdem kam von weiter vorne ein großer Lastwagen entgegen. Dies alles nahm ihr Unterbewusstsein eher beiläufig wahr, denn wieder war es die digitale Uhr, die erneut ihre Aufmerksamkeit auf sich zog und ihr unerbittlich das Zuspätkommen signalisierte. Auch wenn sie inzwischen im Wettlauf mit der Zeit aufgeholt hatte.

Doch dann war es der Bruchteil einer einzigen Sekunde, der sie in die Realität, in das Hier und Jetzt zurückholte. Ein wild verzerrtes Bild hatte etwa 200 Meter vor ihr wie aus dem Nichts die Monotonie der Straße zerstört. Laura trat instinktiv kräftig auf die Bremse, ohne in diesem Augenblick realisieren zu können, was da vorne durch die Luft geflogen war, was da staubte, sich in Einzelteile auflöste und qualmte, als sei etwas explodiert.

Laura hatte ihren Wagen schnell zum Halten gebracht. Vor ihr aber hatte sich ein chaotisches Bild der Verwüstung breit gemacht. Der große Lkw, den sie noch hatte entgegenkommen sehen, hing in der abschüssigen Wiesenböschung, neben ihm dampfte ein Schrotthaufen, der zwei ineinander verkeilte Autos vermuten ließ.

Laura saß wie gelähmt hinterm Steuer. Den Motor hatte sie während der scharfen Bremsung abgewürgt. Unfähig, das soeben Gesehene, gedanklich verarbeiten zu können, blieb sie sitzen und verfolgte wie vor der Leinwand eines Horrorfilms, was sie durch die Windschutzscheibe sah. Personen waren zu den zerstörten Autos gerannt, jemand schleppte einen Feuerlöscher herbei.

 Erst jetzt begann Laura zu begreifen, was vor ihren Augen geschehen war. Eines der zerstörten Autos hatte vermutlich den Lkw überholt und war frontal mit jenem Trödler zusammengestoßen, den sie vorhin beinahe eingeholt hätte.

Sie spürte, wie ihr ganzer Körper zittert. Ihr war plötzlich kalt, sie fühlte sich übel. Was die digitale Uhr jetzt anzeigte, nahm sie nicht mehr zur Kenntnis. Die Zeit, die sie aufgeholt hatte, war unbedeutend geworden. Beinahe wäre sie zur falschen Zeit am falschen Ort gewesen.

An ihre Großmutter dachte sie in diesem Moment nicht.

Tage später jedoch umso heftiger.

„Sie sind überall", hatte die Großmutter einst gesagt. Laura hörte die Stimme noch so deutlich wie damals, ohne sich aber der tieferen Bedeutung bewusst zu werden. Als sie den Schock, den sie als Zeugin des schrecklichen Unfalls erlitten hatte, nach einigen Monaten an einem späten Novembernachmittag, einigermaßen überwunden zu haben schien, kehrte diese eine Schrecksekunde trotzdem immer wieder aus den Tiefen ihres Bewusstseins zurück. Wenn sie dann allein durch den Wald ging, was sie oft tat, um die Kräfte der Bäume auf sich wirken zu lassen, verselbstständigten sich ihre Gedanken. Insbesondere beim Durchstreifen einer würzig nach Harz riechenden finstren Tannenschonung schien es ihr, als würde dieser Duft auf ganz

besondere Weise ihre Sinne anregen und sie fein-
fühliger machen.

Sie versuchte, das scheußliche Bild der Zerstörung
loszuwerden und abzuschütteln - doch es war so
tief in ihrem Unterbewusstsein gespeichert, dass es
sich nicht einfach löschen ließ.

Vor allem beschäftigte sie der Zufall, der sie davor
bewahrt hatte, selbst Opfer des rücksichtslosen
Überholers geworden zu sein. Ein paar Sekunden
hatten über Leben und Tod entschieden. Zufall, war
es Zufall gewesen? Oder ein gnädiges Schicksal?
War man von Mächten und Kräften umgeben, die sowohl das Gute als auch das Böse lenkten?

„Sie sind überall", echoten ihr plötzlich die Worte
der Großmutter wieder durch den Kopf. Großmutter
war wohl ein bisschen abergläubisch gewesen, hatte
man damals abschätzig geurteilt, denn sie war in einer Zeit aufgewachsen, als man noch nicht so nüch-
tern und materialistisch eingestellt war und noch an
Dinge glaubte, die dem Fortschritt der Wissenschaft vermeintlich entgegen standen. Großmutter
war auch oft in die Kirche gegangen und hatte be-
dingungslos geglaubt, was der Herr Pfarrer sagte.
Laura hingegen war in eine andere Zeit hineingebo-
ren worden. In das Wirtschaftswunder der 60er
Jahre. Spätestens als sie volljährig geworden war,
hatten sie und ihre Freunde den „alten Zopf", wie sie
zu sagen pflegten, abgelegt. Was daraus geworden
war, konnte man jetzt, fast ein halbes Jahrhundert
später, sehen.

Laura war sich dessen bewusst, weshalb sie es schätzte, dass man in anderen Ländern nicht alles dem angeblichen Fortschritt geopfert hatte. Nur ein Stück weiter südlich, in Österreich, Südtirol, Italien und der Schweiz, waren die Menschen noch mehr mit den geheimnisvollen Kräften der Natur verbunden. Man könnte auch sagen: sie waren gläubiger. Vielleicht lag es auch an den Landschaften, an den Bergen, Tälern und den reißenden Gebirgsflüssen. An den Naturgewalten.

Laura hatte sich nichts von den früheren Geschichten nehmen lassen und vieles davon für sich allein in die Jetztzeit hinüber gerettet. Umso ärgerlicher empfand sie es, sich von der täglichen Hektik mitreißen zu lassen.

 Der Unfall, dem sie nur um Haaresbreite entgangen war, hatte sie um so mehr wieder nachdenklich werden lassen. Jetzt, ganz allein im Wald, an einem späten Winternachmittag, als sich die Dämmerung schon frühzeitig bemerkbar machte, glaubte sie zu spüren, dass sie von etwas Unbestimmtem umgeben war. Obwohl es still war. Totenstill sogar. Der Tannenwald roch nach Harz, aber auch nach vermodertem Holz und feuchter Erde.

Jetzt würde sie sich wieder mal verspäten. Als sie den Wald verließ und in eine weite ebene Fläche hinaustrat, hatte sich nämlich das Grau des wolkenverhangenen Himmels bereits in einen dunklen Mix mit dichtem Nebel vermischt.

Eine unheimliche Szenerie, dachte Laura und hatte Mühe den richtigen Weg zurück zum Parkplatz zu finden. In einer halben Stunde würde es dunkel sein und dann täte sie sich schwer, im dichter werdenden Nebel zurecht zu finden.

Nach einigen Schritten auf weichem Erdreich blieb sie abrupt stehen. Es war ihr, als sei ihr jemand aus dem Wald heraus gefolgt. Sie drehte sich um, sah die hohen Tannen wie schwarze Gespenster durch das Dunkelgrau des Nebels schimmern - doch da gab es keine Bewegung. Alles still und regungslos. Kein Wind.

Laura beschleunigte trotzdem ihre Schritte und kämpfte gegen aufkommende Zweifel, ob die eingeschlagene Richtung stimmte. Hier draußen, das wusste sie, konnte man in der Dunkelheit und bei schlechter Sicht einen abzweigenden Weg leicht verpassen - und sich verirren. Viel zu lange hatte sie sich im Wald aufgehalten, war ziel- und planlos irgendwelchen Pfaden gefolgt, hatte sich ihren Gedanken hingegeben, ohne auf die Himmelsrichtung zu achten. Und jetzt, als die Sonne längst untergegangen war und sich nirgendwo ein Anhaltspunkt fand, war es schwer, die Orientierung beizubehalten.

Die Dunkelheit war schneller hereingebrochen als gedacht. In der gräulich aufgehellten Nebelwand formierte ihr Gehirn wirbelnde Gespenster. Reine Einbildung, Dazwischen vor ihr aber plötzlich ein Schattenriss. Etwas, das ganz real zu sein schien und sich bewegte. Sie blieb stehen, denn was da auf sie zukam, sah nicht nach einem Fußgänger aus. Es dauerte noch zwei, drei Sekunden, während derer sie den Atem anhielt und lauschte, bis das Seltsame endlich Formen annahmen: ein Fahrradfahrer. Ohne Licht. Kapuze, dicke Jacke. Aus dem Nebel löste sich ein freundliches Gesicht. Ein älterer Herr, unrasiert, lächelnd. Er hielt an. „Einen guten Abend", sagte er mit sonorer Stimme. „Kann ich Ihnen irgendwie behilflich sein?"

Laura war für einen Moment sprachlos.

„Keine Angst", beruhigte sie der Mann. „Ich kenn mich hier aus. Haben Sie sich verlaufen?"

Lara zögerte, presste dann aber ein „Ja", hervor. Es war sinnvoll, die Wahrheit zu sagen. Der Mann kannte sich hier vermutlich aus.

„Wo wollen Sie denn hin?", fragte er und blieb auf dem Fahrrad sitzen, die Beine auf dem Boden abstützend.

„Zum Wanderparkplatz", erwiderte Laura.

„Oh", staunte der Mann. „Das ist aber noch ein gutes Stück Weg. Etwa einen Kilometer gerade aus, dann irgendwann links und an einer Hütte wieder rechts. Da sind Sie aber noch fast eine Stunde unterwegs."

Laura hatte nicht damit gerechnet, dass sie Gedanken versunken so weit gegangen war. „Fast eine Stunde?", wiederholte sie ungläubig.

„Ja, deshalb sollten Sie keine Zeit verlieren", sagte der Mann. „Also immer geradeaus, dann links und an einer Hütte rechts. Bis dahin wird es stockdunkel sein. Denken Sie an Ihre Zeit."

Sprach's, lächelt er ihr zu und trat in die Pedale. Sekunden später war er im dunklen Nebel verschwunden. Noch immer ohne Licht.

Laura ging irritiert in ihre Richtung weiter. Schneller. Immer schneller. Denn wenn es vollends ganz Nacht war, würde sie die Wege garantiert nicht mehr finden.

Gegen ein wildes Gedankenkarussell ankämpfend, zeichnete sich irgendwann, nach einer Viertelstunde - wie sie von ihrer Armbanduhr ablesen konnte - ein von links einmündender Weg ab. Sie hatte ihn an dem hellen Kies erkennen können. Trotzdem wurde es mit der Orientierung immer schwieriger. Die Sicht verlor sich schon nach wenigen Metern in Nebel und Finsternis. An einer Hütte wieder rechts, hämmerten die Wort des Mannes durch ihren Kopf. Jetzt musste sie aufpassen, diese Hütte nicht zu verpassen. Die Hütte und den rechts abzweigenden Weg.

In der trostlosen Stille schreckte sie inzwischen jedes noch so kleine Geräusch auf. Vermutlich waren es irgendwelche Tiere, die vor ihr flüchteten. Denn was sonst würde sich an diesem unwirtlichen Abend hier draußen herumtreiben?

Wie lange sie auf dem feinen knirschenden Kies dahin gestapft war, hätte sie nicht sagen können. Irgendwie schien ihr das Gefühl für Zeit und Raum verloren gegangen zu sein. Obwohl sich immer wieder der Hinweis des Mannes zurück meldete, sie solle auf ihre Zeit acht geben.

Dann endlich. Rechts irgendetwas Undefinierbares. Tatsächlich. Es schien eine Hütte zu sein, die sich aus dem nebligen Dunkel schälte. Gleich musste rechts ein Weg abzweigen. Lauras Herz pochte.

Wenn es diesen Weg nicht gab, war die Orientierung vollends ganz verloren. Doch nach wenigen Schritten entdeckte sie schemenhaft die Fahrspur eines Traktors auf einem Wiesenweg, in den sie fröstelnd einbog. Inzwischen machte sich mit dem dichter gewordenen Nebel auch Kälte breit.

Sie war vielleicht zehn Minuten gegangen, als sie erneut ein Geräusch von vorne aufschreckte. Irgendetwas klapperte auf dem weichen Wiesenweg. Und es kam näher. Laura machte ein paar Schritte rechts in hohen Bewuchs, blieb stehen und lauschte. Dann war es ganz nah, dieses Klappern. Erst als es dicht vor ihr war. tauchte ein Schattenriss auf. Eine gedämpfte Männerstimme schallte ihr entgegen: „Fürchten Sie sich nicht." Der Klang der Stimme war ihr vertraut." Erst eine halbe Stunde zuvor hatte sie diese vernommen. Er war es wieder. Der Mann mit dem Fahrrad. Seine Bremse quietschte, als er dicht vor ihr hielt. „Sie sind genau richtig", sagte er. „Sie sind gleich am Ziel." Noch bevor Laura etwas erwidern konnte, radelte er zum zweiten Mal an ihr vorbei und verschwand hinter ihr im Nebel.

Was hatte der Mann vor? Verfolgte er sie?, zuckte es durch Lauras Kopf, während sie sofort ihre Schritte wieder beschleunigte. Nichts wie weg. Geradeaus weiter. Jetzt an nichts denken. Gleich würde sie ihr Auto erreichen. Hoffentlich. Es stand noch da, wo sie es abgestellt hatte. Erleichterung.

Es vergingen kalte Winterwochen. Doch zwei Erlebnisse konnte Laura sogar an Weihnachten nicht vergessen und nicht verdrängen: den schrecklichen Unfall und die Orientierungslosigkeit an jenem nebligen Novemberabend, als zweimal dieser seltsame Mann mit dem Fahrrad aufgetaucht war. Und dessen Hinweis, sie solle auf ihre Zeit acht geben.

Ja, tatsächlich, sie war einmal in ihrem Leben beinahe zur falschen Zeit am falschen Ort gewesen. Der Autoschlüssel. Plötzlich überkam sie wieder dieser Gedanke, der jedes Mal ihren Herzschlag ins Unermessliche steigerte. Der Autoschlüssel. Hätte sie ihn an jenem Tag nicht suchen müssen, wäre sie am falschen Ort gelandet - und sie wäre das Opfer des Frontalzusammenstoßes gewesen.

Oft sind es Minuten oder Sekunden, die über Leben und Tod entscheiden, dachte sie.

Es kamen ihr Geschichten in Erinnerung, bei denen Flugpassagiere durch irgendeinen ärgerlichen Umstand ihr Flugzeug verpasst hatten, das dann abgestürzt war.

Nur ein glücklicher Zufall? Vermutlich ja, gewiss nur ein Zufall, versuchte Laura diese Überlegungen wegzuwischen. Wieviele Leute verpassten täglich ihren Flug und nichts geschah! Kein Mensch sprach davon. Nur wenn bei den unzähligen, die täglich zu spät zum Flughafen kamen, dann ausgerechnet ihr Flieger abstürzte, dann gab es diese Geschichten über unerklärliche Phänomene. Über Vorahnungen oder ähnliches. Man durfte eben bei allem was geschah, nicht nur jene Geschichten hervorheben, die Anlass zu Spekulationen geben konnten.

Gab es neben guten womöglich auch böse Zufälle?

Aber ihr Autoschlüssel?, kam es Laura wieder in den Sinn. Wie oft hatte sie den vorher schon gesucht? Viele Male, musste sie einräumen. War es dann an jenem Morgen nur ein Zufall gewesen, dass sie nicht früher hatte losfahren können? Vielleicht wäre sie sogar längst an der späteren Unfallstelle vorbei gewesen. Warum hatte irgendetwas sie aufgehalten? Warum hatte sie den Schlüssel hinter der Vase nicht wahrgenommen? Und lag er überhaupt die ganze Zeit schon dort? Oder war er erst aufgetaucht, als die Zeit reif dafür war?

Und der Fahrradfahrer im Nebel? Wieso war der gleich zweimal erschienen, um ihr den richtigen Weg zu weisen? Weshalb war er in dieser Dunkelheit ohne Licht unterwegs gewesen - und weshalb hatte er ihr geraten, auf ihre Zeit zu achten? Nichts weiter als ein Zufall, versuchte sie sch einzureden. Natürlich hatte er mit dieser Bemerkung lediglich gemeint, sie solle ihre Zeit so einteilen, dass sie noch vor Einbruch der stockfinstren Nacht den Parkplatz erreichen würde.

Jetzt, ein halbes Jahr danach, kam ihr wieder eine Äußerung der Großmutter in den Sinn: „Sie sind überall." Und wenn Laura damals erstaunt gewesen war, hatte die Großmutter angefügt: „Aber du wirst sie nie zu Gesicht bekommen, liebe Laura. Und was sie tun, das wirst du nur erkennen, wenn du bereit bist, an Engel zu glauben. Engel können viele Gestalten annehmen."

Vielleicht, so dachte Laura, sollte man über vieles, was unsere Altvorderen zu wissen glaubten, mal ernsthaft nachdenken.

Der Elfte-Elfte

Es darf nicht vergessen werden: Bei aller Traurigkeit beschert der November auch den Start in die neue Faschingssaison, nämlich am 11.11. An diesem einen Tag dürfen die Narren ihr „Häs" abstauben und schon zur Schau stellen. Die Ausgelassenheit der Fasnets- oder Karnevalszeit ist aber zunächst nur von kurzer Dauer. 24 Stunden lang. Allerdings ist davon auszugehen, dass spätestens ab diesem Tag die Themen für Faschingsumzüge, Büttenreden, Sketche und Gesangsgruppen beratschlagt werden und die Tanzgruppen nun intensiv zu üben beginnen. Am Elften-Elften wird mancherorts auch bereits richtig geschunkelt. Damit ist natürlich etwas ganz anderes gemeint, als tanzfreudige Partygänger gewohnt sind, die ja das ganze Jahr über in die „Clubs" gehen, wie man heutzutage das nennt, was früher schlicht und einfach „Discos" waren.
Längst sind derlei Einrichtungen in größeren Städten gang und gäbe. Doch als in den 70er Jahren eine moderne Disco in Göppingen eingeweiht wurde, war dies allemal etwas Besonderes, über das die Zeitung berichten musste. Ich also hin zur Eröffnung. Hunderte Menschen, ganz großer Raum, riesig die Tanzflä-

che. Diffuses Licht, bunte Disco-Kugel blitzte von der Decke, Musik so laut, dass das ganze Gebäude zu vibrieren schien. Trotzdem fühlte sich der Sound damals noch verträglich an. Weil eine Reportage über eine neue Disco natürlich nicht ohne Fotos auskam, knipste ich in alle Richtungen, vor allem auf die Tanzfläche, wo drangvolle Enge herrschte. Genau dies sollte dokumentiert werden.

Das veröffentlichte Foto war dann auch super. Es zeigte ein volles Haus, genau so, wie es dem Betreiber gefiel.

Doch zumindest einem gefiel dies ganz und gar nicht. Kurz nach neun am Tag des Erscheinens, tauchte in der Redaktion ein wütender junger Mann auf. Die Zornesröte im Gesicht und geradezu wild fauchend, verlangte er den Fotografen und den Chef zu sprechen. Wir versuchten, den rasenden Besucher zu besänftigen, doch er war nicht zu bremsen und tobte. Grund: sein Vorgesetzter habe ihn heute Früh fristlos entlassen, weil er auf dem Zeitungsfoto tanzend in der Disco zu erkennen gewesen sei - ein fataler Beweis für simulierte Erkrankung. Der junge Mann war nämlich seit Tagen krankgeschrieben gewesen. Da kommt es in der Tat beim Chef nicht gut an, wenn man in einer Disco nachts tanzend gesehen wird.

Der Datenschutz und alles, was man heutzutage reininterpretiert, war damals noch in weiter Ferne. Außerdem waren die meisten Menschen zu damaliger Zeit begeistert, wenn sie in der Zeitung abgebildet wurden. Heute freilich zieren sich viele, weil ihnen von übereifrigen Datenschützern eingeredet wird, ein veröffentlichtes Bild könne alle möglichen Folgen nach sich ziehen und finstre Geheimdienste anlocken. Längst gibt es Eltern, die ihren bedauernswerten Kindern verbieten, sich auf Klassenfotos ablichten zu lassen. Mag die Angst vor Kinderschändern dahinter stecken, so darf doch nicht gleich vermutet werden, dass mit jedem normalen Bildchen in der Zeitung Unfug getrieben wird. Vermutlich verbirgt sich hinter derlei elterlichen Verboten auch eine übersteigerte Wichtigtuerei. Es soll jedenfalls vorgekommen sein, dass Kinder geheult haben, weil sie nicht aufs Klassenfoto durften.

Schon erstaunlich: in einer Zeit, in der jeder alles fotografieren kann, in der die sozialen Netzwerke nur so von Fotos wimmeln, wollen viele selbst lieber nicht abgelichtet werden. Das unterscheidet natürlich solche Zeitgenossen von Politikern, die blitzschnell ihre Hälse recken, wenn sie eine Kamera erspähen...

Gewalt kurz nach acht

Wenn's auf die dunkelsten Tage des Jahres zu geht, neigen manche Menschen, länger als üblich vor dem Fernseher (oder dem Computer) zu hocken. Dann staunt man, wieviel Gewalt sich in den einzelnen Kanälen breit gemacht hat. Fast scheint es so, als müsse ständig jemand ermordet werden, als müsse etwas explodieren, in die Luft fliegen oder eine andere Katastrophe geschehen. Die Sehnsucht nach Chaos muss riesengroß sein. Und wenn man dann doch eher für eine brave Familienserie oder einen Naturfilm schwärmt, wird man als rückständig und „Gestriger" betrachtet. Ich bin jedes Mal schockiert, wenn ich wegen eines etwas anspruchsvolleren Films ins Kino gehe und dann die Vorschau-Spots über mich ergehen lassen muss, wo es kracht, knallt, scheppert und splittert, wo geschossen wird und die Straßen von Leichen gepflastert sind, wo geprügelt und vergewaltigt, eingebrochen, geraubt und überfallen wird. Wer schaut sich so etwas an? Ein Kinobetreiber hat mir jüngst versichert, dass diese Filme (die er aufgrund seiner Verträge mit den Fimverleihgesellschaften zeigen muss) sehr großen Anklang fänden. Sprich: wirtschaftlich seien sie für ihn wichtig. Wundert man sich da, wenn die Gesellschaft immer verrohter wird?

Es muss geprügelt, vergewaltigt, geschossen und unterirdisches Zeug daher gequatscht werden. Leichen liegen in Pfützen, Autos explodieren oder fliegen durch die Luft. Irgendwelche Typen - Zigarette im Mundwinkel, Schnapsflasche halb leer getrunken - lungern an finstren Ecken. Was man nie, niemals in Echt erleben möchte, findet man im Kino oder vor dem Fernseher zum Gruseln schön. Oder wenn jedes noch so ekelhafte Detail in einem Kriminalroman beschrieben wird. Wie es scheint, ist nur erfolgreich, was abartig, schrill, verkommen, verludert und verdorben ist.

Als Schüler hab ich dereinst am Kiosk heimlich Jerry Cotton gekauft oder abends, wenn ich allein zu Hause war, einen Fernsehkrimi geschaut. Beides hat mich fasziniert, verängstigt und gegruselt gleichermaßen. Doch was damals in Groschenromanen zu lesen und im Fernsehen zu sehen war, was unsere Lehrer verdammt und von uns hatten fern halten wollen, würde heute allenfalls noch ein Kind im Vorschulalter faszinieren - wenn überhaupt.

Und wurde in Kinofilmen übermäßig geprügelt (von anderen Szenen will ich gar nicht reden), war der Zutritt nur „ab 18" gestattet. Die Welt war halt noch in Ordnung. Ja, ich weiß, jetzt treten gleich all jene auf den Plan, die mir vorwerfen, „ein Gestriger" zu sein, der bereits ein Alter erreicht habe, in dem man die Vergangenheit „verklärt" durch eine rosarote Brille sehe und davon schwärme, wie viel besser es doch früher gewesen sei. Nein, ich überlege mir nur, was die Gesellschaft so sehr verändert hat. Wer hat damit begonnen, immer mehr Brutalität zu zeigen? Waren es die privaten Fernsehstationen, die in den 80er Jahren zu senden begonnen haben? Oder hat sich das einfach so „reingeschlichen"? Immer ein bisschen mehr sozusagen.

Heute werden Worte und Formulierungen gebraucht, die hätte einstens niemand zu sagen gewagt. Das Wort „Scheiße" wurde in Zeitungstexten scheu mit „sch..." abgekürzt. Das Wort „geil" war tabu, bis es in anderem Wortsinne salonfähig wurde. Den Wandel hat auch die Werbung mit zu verantworten. Schauen Sie sich mal alte Werbespots aus den 60er und 70ern an. Brav und bieder. Der weiße Riese zog durchs Land, das HB-Männchen ging in die Luft und und „die Peters und das neue Cascade" schwärmten von blütenweißer Wäsche. Das waren noch Geschichten, die jeder verstand und die mit gewissem Augenzwinkern rüberkamen. Doch heute jagen die Werbespots im Überschalltempo an einem vorbei - dazu mit Namen und Formulierungen und einem unverständlichen Denglisch - also Worte, die sinnfremd aus dem Englischen eingedeutscht wurden. Manchmal erschließt sich einem nicht einmal das Produkt, für das geworben wird. Da jagt ein schickes Auto durch ein gebirgiges Gelände und man sieht mehr Landschaft als Fahrzeug. Wäre da nicht wie rein zufällig das Typenschild des Autos kurz ins Bild gekommen, wüsste kein Zuschauer, dass es vermutlich um die tolle Kurvenlage eines wohlgeformten Sportwagens ging. Unterlegt von etwas, das manche als Musik bezeichnen mögen, das jedoch eher die Bezeichnung „Lärm" verdient hätte.

Dass diese dauernde Hektik, die unablässig verbal und visuell aus dem Bildschirm herausschreit, im Kino über die Leinwand rast, uns in Büchern bis in den Schlaf verfolgt und allüberall auf Plakaten und flimmernden Werbewänden lauert, dass dies alles keinen Einfluss auf die Psyche haben soll, will mir nicht in den geschundenen Kopf, dessen Inneres ohnehin schon rödelt und rotiert.

Auch auf Plakaten glotzt uns „abgedrehte" Werbung entgegen. So hat jüngst ein schwäbischer Besteck-hersteller großformatig einen Mann abgebildet, der sich ein scharfes, spitziges Messer vors Gesicht hielt. Angriffslustiger Blick, gefährlich erscheinen-de „Waffe". Englischer Text, man soll die Perfektion spüren. Wie bitte? Perfektion spüren, wenn man's womöglich zwischen den Rippen stecken hat? In ei-ner Zeit, in der die Verherrlichung von Gewalt zu-nehmend inakzeptabel wird, muss ein solches Wer-beplakat irritieren, suggeriert es doch, dass zur Ausstattung eines selbstbewussten Mannes ein scharfes, spitziges Messer gehört.

Ja, die Welt ist verrückt geworden. Digital verdreht und digital zu einer Scheinwelt mutiert. Kein Wun-der, dass es jungen Leuten immer schwerer fällt, zwischen Film und Wirklichkeit zu unterscheiden. Aber auch zwischen Anstand und Anspruchsdenken, zwischen Angeberei und Hilfsbereitschaft, zwischen einer Meinungsverschiedenheit und einer blutigen Prügelei. Dies alles gepaart mit Alkohol, Drogen und einer durchaus auch mentalitäts-bedingten Brutali-tät. Wenn zwischen all diesem in einem vernebelten und hemmungslosen Hirn die Grenzen verwischen, wird aus Phantasie reales Szenario. Da wird dann mal schnell ein Kontrahent genau so, wie man es im Film gesehen hat, mit voller Wucht in eine Schaufenster-scheibe gestoßen, die zersplittert und deren großen Scherben niederprasseln. Im Film schüttelt sich das blutende Opfer, steht auf und prügelt munter weiter. In Echt: ist es tot. Mord. Bestenfalls noch Körperverletzung mit Todesfolge. Je nachdem, wie milde die Richter gestimmt sind.

Die Frage darf erlaubt sein, warum das öffentlich-rechtliche Fernsehen - also das mit Zwangsgebühren finanzierte - unablässig gewalttätigen und blutrünstigen Schwachsinn produziert und sendet. War da nicht auch von einem „Bildungsauftrag" die Rede? Nirgendwo vorgeschrieben, dass die Öffentlich-Rechtlichen mit ihren Einschaltquote mit Mord und Totschlag, dümmlichen Quiz-, Koch- oder Dokusoup-Serien die Privaten übertreffen müssen.

Doch obwohl die Öffentlich-Rechtlichen mit einer regelmäßigen Gebühren-Einnahme kalkulieren können und nicht nur auf Werbespot-Einnahmen angewiesen sind, setzen die Verantwortlichen auf das, was angeblich Quote bringt: Gewalt kurz nach Acht. Gleich nach der Tagesschau . Und nicht zu vergessen: auf Sport, im speziellen natürlich auf Fußball. Immerhin darf man die ausufernden Berichte dazu als eine gewisse Ablenkung von politischem Geplänkel be-trachten. Irgendwann hat es einmal geheißen, die Regierung könne Steuererhöhungen am besten während großer Sportereignissen durchpauken - weil die „dummen Bürger" entsprechend abgelenkt seien. Mögen ja einige junge Leute durch Fußballübertra-gungen dem Sport zugetan sein, so wird ein Großteil aber doch eher durch die Krimi-Dauerberieslung be-einflusst. Zumindest aber zu einem egoistisch-bes-serwissenden und bestimmenden Auftreten erzogen.

Was im Mix mit Alkohol und Drogen zu enthemmtem Verhalten führt.

Den „Bildungsauftrag" gibt es im Fernsehen irgendwo dann doch: meist nach 23 Uhr. Zu dieser Unzeit werden häufig kritische Reportagen ausgestrahlt oder skandalöse Zustände aufgedeckt. Natürlich kann man sich dies später auch noch in der Mediathek anschauen - aber warum, so frage ich mich, müssen gigantische Produktionskosten für frühabendlichen Schwachsinn ausgegeben werden? Für „Tatort"-Folgen, in denen die Respektlosigkeit vor oftmals dümmlich dargestellten Polizisten hervorgehoben wird? Oder fürs unvermeidbare „Buzzern" bei Quiz-Sendungen? Womit das schnelle Drücken eines roten Knopfes bei richtiger Antwort gemeint ist.

Ich will hingegen nichts gegen gut gemachte, unterhaltsame Serien sagen will, die nicht alle paar Minuten mit Gewaltszenen die Zuschauer am Wegzocken hindern sollen. Ist das nicht ziemlich scheinheilig, wenn einerseits die zunehmende Gewaltbereitschaft mancher Bevölkerungsschichten beklagt wird, man aber andererseits gerade diese Verhaltensweise noch im Film glorifiziert?

Glücklicherweise gibt es noch die Spartenkanäle, in die man sich flüchten kann.

DEZEMBER

Advents- und Vorweihnachtszeit. Von wegen lange
Winterabende. Vielerorts herrscht Hektik und
Stress. In Betrieben scheint es so, als gehe zum
Jahresende die Welt unter. Endzeit-Stimmung. Bi-
lanzen, Statistiken. Umsatz und Gewinn. Daheim die
Vorbereitungen für Familientreffen. Wer kommt
wann, was wird für wen gekocht? Ganz zu schweigen
von den Geschenken, die es zu besorgen gilt. Vor
allem aber, was, wem wohl gefallen mag? Was soll
„das Christkind" bringen. Oder ist's doch eher der
Nikolaus?
Was viele vergessen haben: Am ersten Advent beginnt das Kirchenjahr, während dem die Christen das
Leben Jesus in seinen wesentlichen Stationen nachempfinden. Das gesamte Leben und Wirken Jesus
auf den Jahreslauf projiziert. Und Advent bedeutet,
sich mit Herz und Seele auf Weihnachten vorzube-
reiten - also sich keinesfalls nur aufs Schenken zu
konzentrieren. In dieser Zeit des Beschenktwerdens
sollte man aber die wirklich Hilfsbedürftigen nicht
vergessen.
Ebenso nicht vergessen darf man natürlich den Nikolaus, der vermutlich Anfang des vierten Jahrhun-
derts Bischof von Myra (heutige Türkei) war. In vielen Legenden wird er als Retter aus der Not geschildert - menschenfreundlich, hilfsbereit. Insbesondere gegenüber den Kindern gilt er als Freudenbringer,
woraus sich ab dem zehnten Jahrhundert in

Deutschland der heutige Brauch des Schenkens entwickelt hat.

Ja, in dieser hektischen Zeit überlegt man natürlich zwischendurch auch - wenn man gerade mal zum Durchschnaufen kommt -, wie das damals gewesen sein könnte in diesem Bethlehem. Von einem hellen Stern ist da doch die Rede, vielleicht von einem Kometen oder sogar von einem Ufo?
Besonders als Journalist und Krimi-Autor würde ich natürlich dieser Sache mal genau auf den Grund gehen wollen. Was natürlich schwierig ist, weil damals ja noch niemand ein Handy hatte, um mal schnell ein Bild oder ein Video zu machen. Blitzartig wären solche Dokumente um die Welt geschickt. Per Whats-App, Facebook, Instagram oder Email. Fernsehteams würden anreisen, Korrespondenten stünden vor einem Stall oder einer Höhle, in der sich Sensationelles abgespielt haben sollte. Nein, hieb- und stichfeste Dokumente sucht man vergebens.
Aber trotzdem kennen selbst kirchenferne Menschen das Weihnachtsevangelium, das mit den Worten beginnt: „Es begab sich aber zu der Zeit, dass ein Gebot von dem Kaiser Augustus ausging, dass alle Welt geschätzt würde." Also eine Art Volkszählung ohne Datenschutz. Wer diese Sätze geschrieben hat, ist einer von vier Männern, die man nicht - wie man dies heute tun würde - als „Autoren" oder Chronisten bezeichnet, sondern die man Evangelisten nennt, von denen jeder aus eigenem Blickwinkel die Situation in Bethlehem und das Leben des dort ge-

borenen Jesus schildert. Lukas wird am häufigsten zitiert, aber auch der Matthäus. Die anderen zwei - genannt Markus und Johannes - beginnen ihre Schilderungen erst bei der Taufe von dem Bub Jesus. Somit stellt sich natürlich die Frage, was die vier Evangelisten überhaupt wissen konnten. Man kann nämlich sicher davon ausgehen, dass keiner von ihnen Jesus persönlich gekannt hat. Das mag für manchen befremdend klingen, hat mir aber eine Dekanin ausführlich geschildert, als ich in der Zeitung eine Serie über kirchliche Feiertage geschrieben habe. Aha, wird jetzt der kritische Leser und Zuhörer sagen: Wenn das alles später - frühestens wohl 30 Jahre danach - niedergeschrieben wurde, dann ist das doch ziemlich ungenau. Jedenfalls gab es tatsächlich wohl zunächst nur mündliche Überlieferungen. Nun mag man ja durchaus kritisch einwenden, wie es dann sein kann, dass trotzdem so viele Details und sogar wörtliche Zitate aufgeschrieben wurden. Wenn ich also diesen Text, den ich gerade schreibe, irgendwo im Rahmen einer Rede vortragen würde und es käme jemand 30 oder 40 Jahr später - wenn ihm Zuhörer den Inhalt erzählt hätten - auf die Idee, dies dann schriftlich festzuhalten, dann muss die Frage erlaubt sein, was vom Inhalt meiner Rede nach all dem Weitererzählen noch übrig geblieben ist. Okay, ich wäre natürlich keine so markante Persönlichkeit, dass man aus meinen Texten gleich ein Evangelium machen könnte. Außerdem sind wir Menschen heutiger Zeit es nicht gewohnt, uns alles merken zu müssen, weil wir jederzeit auf Schriften, Videos und Tonaufnahmen zurückgreifen können.

Doch auch die Menschen zur Zeit von Jesus' Geburt waren gewiss keine Erinnerungskünstler. Allerdings geht man wohl davon aus, dass die vier Evangelisten eigenständige Autoren waren und keiner einen bereits bestehenden Text korrigiert und ergänzt hat - also nicht abgekupfert hat, wie man heute sagen würde. Immerhin hat's damols zum Abschreiben ja auch noch kein Wikipedia im Internet gegeben. Eine Methode also, die ja bei Bücher schreibenden Politikern (weibliche Form inbegriffen) sehr beliebt sein soll.

Man wird aber einigermaßen guten Gewissens daraus schließen können, dass die Schilderungen der Evangelisten auf ein außergewöhnliches Ereignis zurückgehen, das die Menschen damaliger Zeit sehr beeindruckt hat.

Dies sollten wir in der vorweihnachtlichen Einkaufshektik nicht vergessen. Außerdem scheinen die Männer beim Einkauf sowieso ziemlich hinderlich zu sein, weshalb man mancherorts sogar einen „Männerhort" geschaffen hat - wo die Frauen während des Einkaufs ihre Männer abgeben können.

Ist der Einkaufsrummel vorbei, kann die Frau ihren Mann wieder im Männerhort abholen und sich gemeinsam mit ihm auf das Weihnachtsfest freuen. Und auf die Silvester-Party. Denn wenn die Tage kürzer und die Temperaturen eisiger sind, braucht jeder Mensch ein bisschen Abwechslung, Ruhe und

Gelassenheit. Vielleicht bedarf es eines oder zweier Gläschen Sekt, um zum Jahreswechsel keine melancholische Stimmung aufkommen zu lassen.

Und doch befallen einen Gedanken an die zurückliegenden Monate - und an das, was uns das neue Jahr bescheren wird. Beides ist nicht zu ändern: das Vergangene nicht und das Künftige müssen wir gelassen auf uns zukommen lassen.

Eigentlich ist ein Jahreswechsel nichts weiter, als ein kalendarisch und astronomisch festgelegtes Ereignis. Weil unser schöner Planet wieder mal eine Sonnen-Umrundung geschafft hat. Das ist astronomisch so errechnet. Man könnte diesen Moment auf jeden x-beliebigen Tag des Jahres legen, zum Beispiel auf den Winteranfang, um damit den Neubeginn zu symbolisieren. Okay, nach der Zahl der Sonnen-Umrundungen bestimmt sich auch unser Alter, das mit der Geburt einen Art Countdown beginnt. Hierzulande ist es derzeit realistisch, hundert Sonnen-Umrundungen mitzukriegen.

Aber es können auch weniger sein. Weshalb man nichts verschieben sollte, was man gerne tun und erleben möchte. Nicht sagen: das können wir schon noch machen. Sondern es tun, wenn die Gelegenheit günstig, sprich: die Zeit dafür reif ist. Mir ist inzwischen klar: den Traum, nach vielen anderen Reisen auch einmal Nowosibirsk besuchen zu können, werde ich wohl nicht mehr realisieren können. Nicht nur der politisch dubiosen Lage in Russland wegen.

Nowosibirsk. Ich kenne die Stadt nicht. Allenfalls von ein paar Fotos aus Reisekatalogen oder von Szenen aus Dokumentarfilmen. Ich weiß nur, dass sie irgendwo weit im sibirischen Teil Russlands liegt. Ganz weit hinten. Sozusagen das Sinnbild für eisige Kälte und raue Wildnis. Etwas halt nur für harte Kerle. Erreichbar mit der Transsibirischen Eisenbahn. Ein Sehnsuchtsort. Oder besser gesagt: ein Abenteuer, das man sich wünscht, aber vor dem man letztendlich vielleicht doch zurückschreckt. Weil zu teuer oder zu anstrengend.

Wann mein alter Freund Jürgen und ich damit begonnen haben, uns ein Leben lang für diese vermutlich unwirtliche Stadt zu interessieren, vermag ich nicht genau nachzuvollziehen. Irgendwie war es eine seltsame Mischung aus jugendlicher Reiselust und dem erschaudernden Respekt vor diesem geheimnisvollen Russland, das uns irgendwie autoritär und militärisch erschien - uns, den Angehörigen der Nachkriegsgeneration.

Allein schon der Klang dieses Wortes „Sibirien" hatte etwas Unheimliches an sich. Die Russen hatten Kriegsgefangene dort hin verschleppt. Ganz gewiss kein gemütlicher Ort, sondern einer, an dem man sich stahlhart und gnadenlos durchschlagen müsste, wo nur Disziplin, eiserner Wille und klare Befehle das Überleben ermöglichten. Eigentlich etwas, das man uns, die wir das Militär nur vom Hörensagen kannten, nicht gerade in die Wiege gelegt hatte. Vielleicht war es die gruselige Faszination an etwas, das man möglichst selbst nicht erleben möchte - wie eben jenes Gefühl, das einen bei einem Kriminalfilm beschleicht.

Ebenso wenig hätten wir im echten Leben autoritäre Generäle und Admirale sein wollen, geschweige denn, sie gemocht. Und doch haben wir irgendwann damit begonnen, uns gegenseitig so zu betiteln. Jürgen, der Admiral, also ein schneidiger Seefahrer, womit seine reale, jedoch unerklärliche Begeisterung für Hamburg und das Meer zur Geltung kam, und ich der General, der mit markigen Sprüchen militärischen Tonfall spöttisch nachäffen konnte. In Anlehnung an russische Gepflogenheiten, wie wir sie aus Filmen kannten, riefen wir uns nicht mehr mit unseren richtigen Namen, sondern bezeichneten uns irgendwann gegenseitig als „Briederchen". Oder, was sich im Laufe der Jahre zunehmend einbürgerte, als „Generalski Bommerowski" oder „Admiralski Jürgundus". Für meinen Freund Jürgen war dies eine Art römische Verhohnepiepelung seines eignen Namens in Anlehnung an Asterix und Obelix, aus deren Geschichten er sich auch den Begriff „Hinkelsteinwerfer" entlieh. Ein bisschen fühlte er sich wohl so stark wie dieser, weshalb er auch als erfolgreicher Bowlingspieler zu seinen besten Zeiten schon mal locker die schwere Kugel kraftvoll ins Ziel donnern konnte.

Zwei Männer also, die sich nie aus den Augen verlieren sollten. Begonnen hatte alles 1974 im Jahr der Fußballweltmeisterschaft in Deutschland. Eine zufällige Begegnung mit einer ganzen Clique junger Leute in einer Diskothek. Jungs und Mädchen, die nach den

Hits der 60er und frühen 70er Jahren schwoften, während bunte Lichter im Rhythmus der Musik flackerten und eine rotierende Diskokugel mit ihren verspiegelten Mosaiken blitzende Reflexe in den schummrigen Raum warf, wo sie der wabernde Zigarettenqualm wie dichter Nebel verschlang. Jürgen war es dann auch, der als glühender Fußballfan, der er war, mich bei der WM 74 erst so richtig für diesen Sport und das große Turnier begeisterte. Den Startschuss, als Freddy den WM-Titel „Das große Spiel wird gleich beginnen" sang, hatte ich noch verpasst. Aber die folgenden Deutschlandspiele bis hin zum Turniersieg verfolgten wir gemeinsam, meist vor meinem kleinen Schwarz-Weiß-Fernseher.

Es war eine wilde Zeit und Jürgen mit seinem roten Opel Manta gab den Prototypen des damaligen Sunnyboys. Da konnte ich nicht einmal mit meinem gelben Ford GT Coupe mithalten und allenfalls über den hohen Spritverbrauch jammern. Erst mein alter klappriger VW-Bus, zum Campen selbst ausgebaut, eröffnete uns die weite Welt. Legendär mit einem Teil der Clique die kurze Wochenendfahrt nach Venedig, zusammengepfercht im Kleinbus. Samstagabends in einem Lokal war die Idee geboren. Spontan weg. Jürgen musste noch schnell daheim, rund 40 Kilometer entfernt, die Ausweispapiere holen - und ab ging's die ganze Nacht hindurch. Mittags im sonnigen Venedig. Eine Gondelfahrt auf dem Canale Grande, dann ein schnelles Essen in einem Restaurant, wo weder die zusammengekratzten Lire noch die D-Mark reichten, um die Zeche zu bezahlen, und ich - des Italienischen nicht mächtig - mit dem Chef verhandeln und ihm das Dilemma leerer Geldbeutel dramatisch mit Händen und Füßen klarlegen musste, da wir für die Heimfahrt ja auch noch Geld für Sprit brauchen würden. Schließlich hatte er ein Einsehen und ließ uns ohne Teller spülen zu müssen von dannen ziehen.

Eine von vielen Fahrten. Flüge folgten. Ägypten und Israel, obwohl Jürgen panische Angst vorm Fliegen hatte. Welche Überwindung musste es ihn gekostet haben, in den Flieger zu steigen! Das tolle Reise-Erlebnis hatte dann später, rückblickend gesehen, die durchlittene Angst überwogen. Denn die organisierte Rundreise durchs Land der Pharaonen blieb für uns beide unvergesslich. Tagsüber Pyramiden, Pharaonen-Gräber und Tempel - abends die dunklen Bars in Hotels. Whisky zur Desinfektion nach dem Essen. Unvergesslich für mich auch die Gespräche mit einem Mitreisenden aus Bonlanden bei Stuttgart. Ein ziemlich älterer Herr - aus unserer damaligen Sicht. Um die 60 vermutlich. Steinalt also. Der gab uns mit ernster Miene zu bedenken, was ihn betrübte und was er schon hinter sich hatte: dass die Zeit ab dem 50. Lebensjahr zu rasen beginne. Wir wollten es nicht so recht glauben. Übliches Geschwätz an der Bar. Heute weiß ich: er hatte recht.

Jürgen, in der Ex-DDR geboren und den in den Westen geflüchteten Eltern später mit der Oma hinterher gekommen, hatte keine einfache Kindheit gehabt, obwohl er nur selten und nicht gern darüber gesprochen hat. Manchmal wirkte er trotz seiner

Bärenkräfte, um die ich ihn, den handwerklich Zupa-
ckenden, oft beneidete, fast ein bisschen schüch-
tern-zurückhaltend. Beide waren wir jedoch ein
starkes Team. Er muss allen Mut zusammengenom-
men haben, sich wenigstens ein einziges Mal meinen
Motorflugkünsten zu einem Rundflug anzuvertrauen.
Oder auf die Bühne zu stehen und zu singen. Das
konnte er jedenfalls sagenhaft, womit er unsere
kleine Gesangsgruppe auf wunderbare Weise
schmückte.
Die Jahre vergingen, Freundschaften mit einem Teil
der Clique auch. Dass Jürgen durch mich seine Frau
kennenlernte, hat uns nie entzweit, sondern eher
zusammengeschweißt. Doch allein schon der räumli-
chen Entfernung wegen, die uns mit fast 70 Kilometern trennte, wurden die Treffen weniger. Trotzdem gab es lange Zeit noch gemeinsame Aktionen:
Wanderungen, Ausflüge und unvergessliche Hütten-
Nachmittage. Oder einfach private Feten bei ihm im
Garten oder bei uns in der Kellerbar, die mit bunten
Lichtern auf Disko-Nostalgie getrimmt war. Und wo
wir zum Leidwesen seiner Frau nicht mehr aufhören
wollten, Heino-Lieder zu singen. Oder über die Un-
gerechtigkeit der Welt zu diskutieren. Wer uns hätte hören können, hätte befürchten müssen, da würden finstre politische Machenschaften geschmiedet.
Denn die Reden, die wir in bierseliger Laune mit
schauriger Stimme von uns gaben, waren alles andere als schmeichelhaft. Sie grenzten wohl an einen
mit Satire gewürzten Frust. Oder an Parodien auf

solche, die wir lieber nicht an der Regierung gehabt hätten.

Die Jahre zogen ins Land und wir schmiedeten Pläne für das, was nach der hektischen Berufsphase kommen würde. Wenn ich mit Jürgen allein an der Theke unserer Kellerbar stand - was wir oft taten, wenn die Frauen oben eigene Gespräche führten -, dann schwelgten wir wieder mal in den Plänen einer Reise nach Nowosibirsk, vom „Transsib" - oder von Ägypten, das über 40 Jahre schon zurück lag. Eines Tages, da war er fest davon überzeugt, würden wir wieder ein Abenteuer angehen. Er schwärmte davon, obwohl ihn ein böser Treppensturz und eine aufziehende Krankheit bereits einschränkten. Ich ermunterte ihn - und das Synonym für unsere Pläne, für „Briederchen" und „Jürgundus" also, blieb Nowobirisk.

Zumindest wollten wir endlich mal gemeinsam ein Bundesligaspiel seines geliebten Hamburger Sportvereins aufsuchen. Allein wäre er vermutlich nie in das Stadion zu den vielen Menschen gegangen. Es muss ihn schwer getroffen haben, dass „sein HSV", den er aufgrund seiner merkwürdigen Freude an der Stadt Hamburg glühend verehrte und dessen Fahne er im Garten gehievt hatte, zweitklassig wurde. Das hätte aber die Chance eröffnet, ein Spiel gegen die ebenfalls zweitklassigen Fußballer von Heidenheim zu besuchen, unweit meines Heimatortes. Doch als dort im Sommer 2020 bei einem Spitzenspiel sowohl Heidenheim als auch der HSV um den Aufstieg in die höchste Klasse kämpften, war „Briederchen" von

seiner Krankheit schon schwer gezeichnet. Aber den
Gedanken an Nowosibirsk trug er noch immer in sich.
Doch der Traum blieb ein Traum. Und auch der HSV
hat während der knapp 70-jährigen Lebenszeit sei-
nes größten Fans ihm nicht mehr die Freude eines
Wiederaufstiegs bescheren können.

Vielleicht wird dies aber Briederchen Jürgundus -
oder nennen wir ihn „Admiral" - irgendwo dort, wo er
jetzt ist, sehen und verfolgen können. Ganz sicher
ist er dort, von wo wir eines lange zurückliegenden
Abends versucht hatten, auf Tonband sogenannte
„Stimmen aus dem Jenseits" aufnehmen zu können
und im Rauschen tatsächlich etwas Unverständliches
zu hören glaubten. Ein Gänsehautgefühl, das mich
noch heute beschleicht. Wäre es jedoch so einfach,
sich von der anderen Seite des Lebens zu melden,
hätte es „Briederchen" gewiss längst getan. Daran
muss ich jedes Mal denken, wenn ich in meiner Kellerbar vor dem großen Bild stehe, das ihn und mich
an einer Theke zeigt, Arm in Arm und einige leere
Schnapsgläser vor uns. Irgendein Silvester muss es
gewesen sein, Mitte der 70er Jahre. Ein fröhlicher
Abend. Als wir noch keinen Gedanken daran ver-
schwendeten, wie schnell die Zeit vergehen würde.
Oder dass es tatsächlich Träume geben könnte, die
nie in Erfüllung gehen.

Auch ich werde wahrscheinlich Nowosibirsk nicht
sehen. Aber etwas muss ja noch bleiben für die Zeit
hinter der Zeit...

Gedanken zum Schluss

Dass es irgendetwas gibt, das wir nicht erklären können, davon bin ich felsenfest überzeugt. Denn drei Jahre lang habe ich die Erlebnisse eines Mannes nachrecherchiert, der sich auf unglaubliche Weise an Ereignisse aus der Zeit des sogenannten Dolomitenkriegs erinnern kann - also an die Jahre des Ersten Weltkriegs. Und dies, obwohl er erst 1970 geboren wurde und seine Familie nie einen Bezug zu der Südtiroler Landschaft hatte. Wir haben dazu eine ausführliche Dokumention geschrieben („Seelenvermächtnis", Gmeiner Verlag, Meßkirch), wollen aber nicht behaupten, einen Fall von Wiedergeburt darzustellen, sondern nur eines; dass es eben Dinge gibt, die man nicht erklären kann. Eine tröstliche Vorstellung. Gerade dann, wenn man wieder ein Jahr älter wird.

Auf ein Wort:

Warum dieses Buch kein Bestseller wird....

Die Geschichten, die Sie auf den vergangenen Seiten gelesen haben, finden bei den üblichen Großverlagen hierzulande keinen Anklang. Entweder passen sie nicht ins Verlagskonzept oder die Marketing-Strategen behaupten, damit sei kein Geld zu verdienen.

Wenn man da nicht schon einen großen Namen hat, also kein Film- oder Popstar ist, kein Politiker, kein Moderator und kein Sportler, dann hat man schlechte Karten. Dass aber viele von denen, die ihre gar schrecklichen Geschichten in Bücher packen dürfen, gar nicht selbst zur Tastatur gegriffen haben, darf ruhig vermutet werden. Oft bedienen sie sich gewiss sogenannter Ghostwriter, also Dienstleistern, die aus Stichworten eine Geschichte schreiben. Ist ja auch klar und verständlich: Nicht jeder, der im Scheinwerferlicht steht, ist auch des Schreibens und Formulierens mächtig. Oder hat Zeit zum Schreiben.

Derlei Bücher werden aber meist mit viel Brimborium auf den Markt geworfen und in den Buchhandlungen im Eingangsbereich oder neben der Kasse zu wahren Pyramiden aufgetürmt. Soll suggerieren: schaut her, liebe Kunden, dies ist ein Knüller, ein

„Reißer" - ein Bestseller. Auch wenn davon noch kein einziges Exemplar über den Ladentisch gegangen ist.

Wenn Sie also auch mal ein Buch schreiben, der Buchhändler Sie aber nicht mag und nicht puscht, haben Sie keine Chance - behaupte ich. Und weil es immer weniger kleine Buchhändler gibt, die ihre Kundschaft noch persönlich kennen, hegen und pflegen, verringern sich die Chancen eines Nobody-Autors zusehends. Denn die großen Filial-Ketten. die nur auf die Verkaufszahlen schielen, müssen der Kundschaft Bücher nahelegen, von denen sich die Marketing-Abteilung viel Knete erhofft.

Ich wage sogar die Mutmaßung, dass es nicht Zufall ist oder gar allein dem Geschmack des Händlers obliegt, welche Bücher im Schaufenster liegen oder auch im Innenraum an prominenter Stelle platziert werden. Da könnte doch leicht der Verdacht aufkommen, dass mancher Platz im Laden von den Verlagen sozusagen „angemietet" wird, um bundes- oder landesweit eigene Produkte visuell in den Vordergrund zu rücken.

Dann gibt es auch noch jene kleineren Buchhändler, die nur Produkte anpreisen, die ihnen selbst genehm erscheinen. Beispielsweise habe ich eine Buchhandlung in einer Kleinstadt kennengelernt, die sich weigerte, an einer meiner Krimilesungen einen Büchertisch zu präsentieren. Begründung, wörtlich: „Wegen einem Krimi gehe ich heute Abend nicht aus dem Haus." Ich hab dann an besagtem Abend selbst etwa 30 Exemplare verkauft.

Mit den allermeisten Buchhändlern verbinden sich mir jedoch gute Erinnerungen. Am liebsten ist mir dabei Thomas Kuhnert im Gedächtnis geblieben, der jahrelang in Ulm eine große Filiale geleitet und meine Werke geradezu fürsorglich und mit Begeisterung präsentiert hat. Was sich bei ihm in der Kasse und bei mir an der Auflage bemerkbar gemacht hat. Glücklicherweise könnte ich noch eine Reihe weiterer Buchhändler (auch weibliche Form) aufzählen, die mich mögen.

Um bei den Chancen für ein Buch zu bleiben: Brave Themen, bodenständige Geschichten und Nachdenkliches sind bei den Verlagen (und beim Publikum) wohl nicht allzu sehr beliebt. Wenn Sie aber viel Gewalt, Blut, Mord, Totschlag und vor allen Dingen Schlüpfriges von weit unter der Gürtellinie anbieten, steigen die Chancen wieder. Denn das Absonderliche, das Abgedrehte, das Schrille und Verrückte hat Hochkonjunktur - insbesondere, seit es die privaten Fernsehsender salonfähig gemacht haben. Die Literaturkritiker halten sich dazu meist bedeckt, weil ihnen derlei Themen sowieso viel zu profan und dümmlich erscheinen. Und wenn sie sich dann bisweilen doch zu einer Meinung herablassen, dann bestätigt dies meine Einschätzung: was Kritiker für schlecht erachten, mag die breite Bevölkerung halt doch.

Ohnehin lässt sich kaum nachvollziehen, nach welchen Gesichtspunkten über Literatur, Musik, Theater oder andere Künste im großen Feuilleton einer Zeitung berichtet wird. Manchmal fehlt es schlichtweg an Personal, das sich dem jeweiligen Thema annehmen könnte. Dann bedienen sich die ausgedünnten Redaktion irgendwelcher freier Mitarbeiter von weit auswärts, die nur ihr eigenes Umfeld im Blick haben. Qualitätsjournalismus im Zeichen harter Sparmaßnahmen.

Was für den Büchermarkt gilt, gilt übrigens auch bei der Musik. Dass deutsche Schlager sehr beliebt sind, zeigt sich bei den vielen Festivals, die Zehntausende anlocken. Doch Schlager - igitt -, das ist für jene, die das große Feuilleton der Tageszeitungen oder der elektronischen Medien beherrschen oder glauben, über allem zu stehen, etwas ganz Entsetzliches. Wer Schlager mag, ist „deutsch- und heimat-tümmelnd", ein „alter Sack", oder, noch schlimmer, politisch weit rechts angesiedelt.

Was jedoch englisch klingt, mit Text, den keiner versteht, auch weil das, was man Musik nennt, viel zu laut im Hintergrund wummert, das wird hochgelobt und gepriesen. Welche Texte dahinter stecken, will man lieber nicht wissen - insbesondere beim Rapp, wo oftmals wilde Burschen zu Dingen aufrufen, die der Staatsanwalt zwar unter die Lupe nimmt, die Justiz jedoch meist unter dem Begriff „Kunst" ungestraft durchgehen lässt.

Friedfertige Schlagerfans sehen sich gelegentlich üblen verbalen Angriffen ausgesetzt, während sie ihrerseits den Fans anderer Musik jegliches Verständnis entgegen bringen, sofern sie von denen nicht allzu sehr belästigt werden. Nach dem Motto: Jedem halt das Seine.

Dass auch in der Musik das Verrückte viel Geld einspielen kann, hat sich im Sommer 2022 mit „Layla" gezeigt, jenem Partyhit von Mallorca, der angeblich sexistische Worte enthält und einen nie geahnten Shitstorm ausgelöst hat, also eine Flut negativer Kritik in den sozialen Netzwerken. Und flugs wurde mancherorts im vorauseilenden Gehorsam das Abspielen des Songs sogar verboten.

Dabei hätten längst auch andere Schlager ähnliche Empörung verdient. Wie etwa der Ohrwurm „Skandal im Sperrbezirk", wo von Nutten die Rede ist, die sich „draußen vor der großen Stadt" die Füße platt treten. Man könnte fast meinen, die Gesellschaft sei trotz der vielen „abgedrehten" Darbietungen plötzlich prüde geworden. Oder liegt's einfach daran, dass sich Minderheiten Gehör verschaffen. wie bei der Forderung nach dem „Gendern"?

Immerhin hat es die aufgebauschte Empörung geschafft, den Titel „Layla" wochenlang auf Platz eins
irgendwelcher Charts zu halten. Noch vor einigen
Rappersongs und „normalen" Schlagerstars. Den
Komponisten von „Layla" hatte also, finanziell gesehen, gar nichts besseres als ein sogenannter Shitstorm passieren können. Der dürfte zur Folge gehabt
haben, dass mancher den Titel im Internet nur aus
reiner Neugier angeklickt und runter gestreamt hat
- was zu Millionen „Klicks" geführt und kräftig „Koh-
le" eingespielt hat. Weil sich nach der Anzahl der
Klicks auch die Platzierung in den Charts richtet
(und damit die Tantiemen), lässt sich erklären, wie
manche Titel nach oben klettern können. Es soll nämlich ganze Familienclans geben, die mit geschickten
Computertricks pausenlos die Titel ihrer Lieblings-
rapper anklicken und streamen lassen, um auf diese
Weise einen vorderen Platz in den Charts zu er-
schleichen. Das ist übrigens keine Vermutung von
mir, sondern hat ein angesehener Medien-Experte in
einem Zeitungskommentar erklärt.

Angeblich hat es auch schon Verlage gegeben, die
eigene Buchtitel massenweise in den Läden aufge-
kauft haben, um die Verkaufsstatistiken hochzu-
treiben - und erste Chartplätze zu erzielen.

Das werde ich nicht tun. Ich kann allenfalls vollmun-
dig behaupten, ich hätte einen Bestseller geschrieben - wobei der Begriff „Bestseller" nicht unbedingt

etwas über die Zahl der verkauften Exemplare aussagt. „Beststeller" kann, je nach Blickwinkel, alles mögliche sein: der eine ist mit 100 verkauften Exemplaren zufrieden und glaubt, von einem Beststeller reden zu können. Andere, meist Laien, vermuten dahinter eine Millionenauflage. Auf einschlägigen Internet-Seiten findet sich dazu folgende Erklärung: „In den Bestsellerlisten jedoch, die auf unterschiedlichen Methoden zur Erhebungen der Absatz- bzw. Verkaufsmengen beruhen, werden keine unteren Grenzen festgelegt."

Mein Büchle wird also kein Beststeller sein. Dazu habe ich es vermutlich auch marketingmäßig nicht richtig angepackt. Wollte ich auch nicht. Mein Anliegen war es, Unterhaltsames, Nachdenkliches und bisweilen auch Humorvolles und Herzerfrischendes zu bieten. Fürs ganze Jahr. Es sind Geschichten, die sich (meist) so zugetragen haben, weshalb ich Namen und Orte zum Schutze der Personen größtenteils bewusst weggelassen habe.

Um die Geschichten zeitnah und ohne die Suche nach einem der üblichen „großen Verlag" veröffentlichen zu können, bediene ich mich dem finanziell risikolosen Angebot, das Buch selbst zu machen. Mit der Folge, dass der eine oder andere Tipp- oder Grammatik-Fehler stehen geblieben ist und bisweilen auch das Layout etwas gewöhnungsbedürftig erscheint. Man möge mir dies nachsehen. Denn es kommt ja auf den Inhalt an.

Für Kritik (und auch Lob) freue ich mich auf jeden Fall. Schreiben Sie mir eine Email:

manfredbomm@t-online.de

Übrigens: Zu einigen der angesprochenen Themen gibt es auch schwäbische Liedtexte, die mein Freund Hans-Ulrich Pohl (Musekater-Verlag, Heiningen) ver- tont hat und singt. Homepage: www.musekater.de

oder www.kaos-plus-duo.de

Alle Songs findet man zum Streamen oder Downloa- den auf den bekannten Plattformen (wie Spotfy, Youtube, Deeser, Apple oder Amazon). Stichworte: „Kaos-duo" oder „Kaos-plus-duo"